よろめきの港町

八神淳一

Junichi Yagami

JN122364

イースト・プレス 悦文庫

目次

よろめきの港町

第一章　憧れだった人妻教師

1

佐野裕太(さのゆうた)はビーチに来ていた。すでに海水浴シーズンは終わり、海の家もなくなっていたが、残暑は厳しく、水着姿の男女が十人近くいた。

女性は若く、みなビキニを着ている。バストに自信がある女性は、半分近く魅惑のふくらみを見せつけている。男女四人のグループがいたが、このあと、あの豊満なふくらみを揉(も)まれるのだろうか。

裕太は二十七才になるまで、女性のバストを揉んだことがない。それどころか、キスも知らなかった。縁がなかったと言えばそれまでだが、大学を出てがむしゃらに働いていたら、彼女なしで来てしまった。

そのがむしゃらに働いていた会社も、二日前に退職した。いわゆるブラック企業だった。ここ数年、上司と反りが合わなくて精神まで病んでしまい、思いきって退職した。

退職すると、いきなり暇になる。大学を出て五年間、ほとんど休みなしで働いてきたが、会社をやめたとたん、なにもすることがなくなったのだ。

裕太はいきなり太平洋にひとりで放(ほう)り出されたような心細さを覚えた。

これから、どうしたらいいのだろうか。

あせって就職活動をしても、またブラックに引っかかるだけだと思い、気分転換をはかろうとした。そのとき思い出したのが、この港町だった。

南国の港町は、裕太が中学まで過ごした土地だった。親の都合で高校から東京暮らしとなり、大学、就職と東京で過ごした。

中学時代、特別なにかが楽しかったわけではない。裕太はおとなしく地味な存在だったから、クラスメートとわいわい騒いだ記憶もない。

けれど、なぜか足がこの港町に向いていた。

ビキニ姿の女性たちもいなくなり、裕太も腰をあげた。駅でレンタサイクルを借りていた。それに乗り、港へと戻る。

十分ほどすると、港に着いた。このあたりがいちばん賑(にぎ)やかだが、漁師の町ということもあり、日が暮れると静かになる。

どこかで夕ご飯を食べようと港をうろうろしていたが、意外と開いている店がなかった。

そんななか、暖簾(のれん)を下ろそうとしている店が目に入った。定食屋だった。

「あの、すみませんっ」

この店を逃したら、夕飯にあぶれると思った裕太は、思いきって女性の背中に声をかけていた。暖簾を持ったまま、女性が振り向いた。

驚いた。目を見張るような美人だったのだ。が、さらに驚くことが起こった。

「あら、佐野くんじゃないの」

と、その美人がいきなり、裕太を苗字(みょうじ)で呼んだのだ。

「えっ……」

裕太は驚きつつ、美人の顔をまじまじと見た。

「あっ……」

美人が中学のときのクラスのマドンナだったことに気がついた。

「高梨(たかなし)さんっ」

高梨美貴(みき)だ。目鼻立ちの整った女優のような美人だった。裕太だけではなく、クラスの男子はみんな高梨美貴が好きだった。

そんなクラスの人気者が、裕太のことを覚えていたとは。だって、三年間同じクラスだったが、マドンナとしゃべった記憶がないのだ。

「佐野くん、変わらないね。すぐにわかったわ」

と、美貴が言う。

美貴のほうは、大人になって、ますます美貌に磨きがかかっていた。こんな田舎の港町にいるなんて、なんかもったいないと思わせるような女っぷりである。

「高梨さんも変わらないよ」

「そう……」

笑顔の中に、陰りがにじんだ。暖簾を持つ左手に目を向けると、薬指にリングが光っていた。

「あっ、結婚しているんだね」

「いえ、してたんだけどね……事故で亡くなったの」

「そうなんだ……ごめん……」

「ううん」

と、美貴はかぶりを振る。セミロングの艶(つや)やかな髪が、優美な頬(ほお)をなぞる。

「ご飯ね。どうぞ、特別よ」

と言って、美貴がウインクする。クラスの男子みんなに向かってのウインクではなく、裕太だけに向けてのウインクだ。

まさに悩殺ウインクだった。実際、裕太はおうっと声をあげそうになっていた。

美貴が暖簾を持ったまま、中に入る。

こぢんまりとした店だった。テーブルが三つにカウンターだ。

「正樹（まさき）さんとふたりでやっていたんだけど、去年、事故で亡くなって……やめようか考えたんだけど……やっぱり続けようと思って、ひとりでやっているの」

「ひとりで……」

「そう」

「高梨さん、料理できるんだね」

「まあ、なにもできないって、ばかにしてっ」

と、美貴がぶつまねをする。

えっ、なにっ。

女性にそんなまねをされたことがない、免疫がまったくない裕太は、そんな仕草だけでも、くらっとなる。

「好きなとこに座って。メニューはお刺身定食の一品だけよ」

「ごめんね。店、閉めているところに入ってきて」

「いいのよ」

美貴がエプロンをつける。Tシャツにジーンズ姿だった。そして、セミロングの髪をまとめて、うしろで縛る。

裕太はそんなマドンナを惚けたような顔で見つめる。

「珍しい？」

うん、と思わずうなずく。

「本当に、佐野くんって、中坊のままね」

そうかもしれない。あの頃も、キスも知らない童貞だったが、あれから十三年経っても、同じだったからだ。まさに、中坊のままだ。

美貴がキッチンに入っていく。自然と、ジーンズの貼りつくヒップラインに目が向く。マドンナのヒップはぷりっと張っていて、見事な曲線を描いていた。

美貴さん、あんなお尻、していたんだ。

中学生の頃は、裕太はおっぱい派だった。今でも、お尻よりバストが好きだが、あの頃は、とにかくおっぱいだった。

おっぱいと言えば、なんといっても、長月瑠美だったよな。美貌では美貴で、おっぱいでは瑠美だった。もちろん、瑠美も美人だった。というか、あの頃すでに色気があった。

裕太は店内を見まわす。黒板に、本日のメニューが書いてある。

刺身定食、コロッケ定食、アジフライ定食。

アジフライもあるんだっ。

裕太はアジフライが好きだ。しかも、ここで食べればマドンナの手作りというわけだ。

美貴がお盆を持って、やってきた。

「お刺身定食、どうぞ」

ものすごい刺身盛りだった。

裕太は黒板の値段を見た。八百円とある。

これで八百円っ。

「サービスしておいたから。明日は、この半分の量よ」

「そうなんだね。いやあ、びっくりしたよ」

いただきます、と箸を持つ。美貴がテーブルの差し向かいに座り、エプロンを取る。すると、Tシャツの胸もとに目が向いた。そこは、なかなか魅力的な盛りあがりを見せていた。

えっ、高梨美貴って、洗濯板じゃなかったっけ。

中学の頃、みな美貴の美貌に恋していたが、唯一、胸がないよな、と男子たちは残念がっていたのだ。

「胸、あるって驚いているんでしょう」

と、美貴が言い、いや、違うよっ、と裕太はあわてて否定する。

「高校に入ってから、急に大きくなってきたのよ。Eカップはあるのよ。洗濯板じゃなくて、ごめんなさいね」

「い、いや……そんな……」

うふふ、と美貴が笑う。美貴とこんなに話したのは、はじめてだ。中学生の頃、しゃべりたくてもまったく話せなかった相手と、お互い大人になって話している。

「さあ、食べて」

はい、と鯛(たい)を口に入れる。甘くて、舌でとろける。

「ああ、おいしい」

「そうでしょう。うちの港に水揚げされたばかりのお魚だからね」

次々と刺身を食べていく。どれもおいしくて、ご飯がどんどん進む。味噌汁(みそしる)もおいしかった。

　こんなにがつがつとご飯をおいしく食べたのは、いつ以来だろうか。

「ご馳走様でした」

「お茶、淹れるね」

　と、美貴が食べ終えた食器をお盆に載せて、キッチンに向かう。

「今夜、泊まるところは決まっているのかしら」

　と、キッチンから聞いてくる。

「いや、まだ決めていないんだ。ビジネスホテルとかあるのかな」

「そんなものないわよ。瑠美のペンションション、紹介するわ」

　と、美貴が言う。

「瑠美……瑠美って、あの、長月瑠美っ」

「そうよ。今、ペンションやっているの。もともと、ご両親がやっていたんだけど、瑠美に譲ったの」

「そうなんだ」

　制服でも目立つ大きなバストが思い出される。

「今、瑠美のおっぱい、思い出したでしょう」

と言いつつ、湯飲みを載せたお盆を持って、美貴がやってくる。

「いや、まさかっ」

と、素っ頓狂な声をあげる。

「あら、本当に思い出していたんだ。もう、やっぱり中坊なんだから」

と、美貴がなじるような目を向ける。

クラスのマドンナからなじるように見つめられるなんて、信じられない。こんな会話をしていることが夢のようだ。

「連絡するね」

おねがいします、と言うと、美貴がジーンズの尻ポケットから携帯電話を取り出し、タップする。

「あっ、今ね、佐野くんが来ているの。そう。中学のときの佐野くん。懐かしいね」

なにっ。長月瑠美も、俺の名前を出して、すぐに思い出してくれたのかっ。

美貴といい、瑠美といい、なんか泣けてくる。

この町に戻ってきて、よかった、と思う。

「今夜、そっちに泊まりたいって。そう。わかった。じゃあ、あとで」

そう言うと、美貴が電話を切った。

「すぐに迎えに来るって。なにかサプライズがあるそうよ」

「サプライズ……」

「まあ、佐野くんがいきなりあらわれたこと自体、サプライズだけどね。えっ、どうしたの。なんか目がうるうるしているよ」

と言って、美貴が裕太の顔をのぞきこんでくる。顔が近い。ちょっとでも口を寄せれば、キスできそうだ。

マドンナとキスっ。

中学の頃は、そんなことを空想して、何度もオナニーしたものだ。

美貴はオナペットでもあったのだ。そのオナペットが魅力的な大人の女性になって、今、美貌を寄せている。

「いや、高梨さんも、長月さんも、俺なんかのことをすぐに思い出してくれて、なんかすごくうれしくて……」

言葉にすると、さらに目頭が熱くなってくる。

「どうしたの、佐野くん。なんか、あったのかしら」

「いや……」

「まあ、なにかあったから、平日に東京から南国の港町に来ているのよね」

美貴の顔はずっと近いままだ。美しい瞳で、じっと見つめられているだけで、ドキドキする。まさに中坊状態だ。

「そうかもね……」

「私でよかったら、聞いてあげるよ。まあ、聞くだけしかできないし、なんの役にも立たないと思うけど」

美貴の言葉が、裕太の心に沁(し)みる。マドンナに優しくされて、さらに胸が熱くなる。

「えっ、なに泣いているのよっ。今日の佐野くん、変よ」

と言って、目からこぼれた涙の雫(しずく)を、美貴が人さし指で拭(ぬぐ)ってくれた。

「高梨さん……」

思わず、好きです、と言いそうになる。

2

ドアが開き、瑠美ですっ、と声がした。

感情が高ぶったまま、マドンナに告白しなくてよかった、と裕太は思った。

「本当だ、佐野くんがいるよっ」

瑠美の声に振り返ると、長月瑠美がそう言った。

瑠美はタンクトップにショートパンツ姿だった。中学生の頃、大きかったバストは、さらにふたまわり豊かになっていた。

中学生の頃から妙に色っぽかったが、あれから十三年経ち、全身から色香が放たれていた。豊満なバストの隆起はもちろん、剝き出しの二の腕も、ショーパンから伸びている生足も、すべてエロかった。

瑠美がこちらにやってくる。一歩足を運ぶたびに、タンクトップの胸もとが弾む。

「久しぶりね、佐野くん」

「こ、こんばんは、長月さん……」

瑠美の色香に圧倒されて、声がうわずっている。

「どうしたの。泣いているの」

「いや、違うよ……」

「そうなの。私と再会して、感激で泣いているのかと思って、喜びそうになって損したわ」

と、瑠美が言う。

「喜びそう……」

「だって、私に会いたくて、この町に来たのかと思うじゃない」

それだったら、うれしい、というのか。俺なんかと再会して。

「じゃあ、行きましょう。美貴、ありがとうね」

と、美貴に手を振り、瑠美が定食屋を出る。どうしても、すらりと伸びた生足に目が向かう。

ペンション長月、というネームが書かれた車があった。

瑠美が運転席に乗り、どうぞ、と助手席のドアを開ける。裕太が乗りこむと、出発だ。車の中は、瑠美の匂いでむんむんしている。

ちらりと隣を見ると、高く張った胸もとが目に飛びこんでくる。

「十分くらいで着くから」

車は海岸線を走る。

「窓、開けていいよ。海風が気持ちいいから。それとも、このままがいいかな」

車の中はクーラーが効き、なにより瑠美の甘い体臭に包まれている。窓を開けると、瑠美の匂いが薄くなる。

「このままでいいよ」

「そう」

「長月さんがペンションをやっているって聞いて、驚いたよ」

「両親がやっていたんだけど、もう一軒、ふたりではじめて、こちらのほうを私に譲ってくれたの」

「そうなんだ」

　また、隣を見る。タンクトップの胸もとはぱんぱんに張っている。それでいて、二の腕はほっそりとしている。痩(や)せの巨乳だ。

　思えば、美貴以上に、瑠美にはお世話になっていた。自宅のベッドの上だけではなく、学校の中でも瑠美の胸もとを見て勃起させていた。

「サプライズがあるらしいね」

「そう。楽しみにしててね」

「長月さんがやっているペンションに泊まるだけでも、すごく楽しみだよ」

「あら、佐野くんも大人になったのね。そんなこと言えるなんて」

　と、瑠美が言う。

海岸線から少し中に入ると、ペンションが見えた。二階建てのかわいらしい建物だ。

車を降りて、入口に向かう。瑠美が先に入り、裕太もあとに従った。小さなフロントから中に入ると、リビングになっていた。そこに、ひとりの女性がいた。

「あっ、先生っ」

そこには、中学のときの担任の工藤美沙子（くどうみさこ）が座っていた。

「こんばんは、佐野くん」

と、美沙子が笑顔を見せる。一気に十三年前に戻る。美沙子は大学を出たばかりの新米教師として、裕太たちの前にあらわれた。

二年のときだ。一年の担任が定年間近の男性教師だっただけに、美沙子はよけいフレッシュに感じた。

とても品がいいルックスで、いつも漆黒の髪をアップにまとめていた。

美沙子は黒のノースリーブのワンピース姿だった。剝き出しの二の腕の白さが眩（まぶ）しい。

白のブラウスと紺のスカート姿しか見ていなかったから、とても新鮮に見えた。

「あら、どうしたのかしら」

「いや、ワンピース姿、はじめてだから……」

「そうね。白のブラウスと紺のスカートばっかりだったからね」

それだけではなく、ロングの髪を背中に流していた。

「髪型も違うよね」

と、瑠美が言う。麦茶の入ったグラスが載ったお盆を手にあらわれた。

「どうぞ」

と、リビングのテーブルに置く。

美沙子と差し向かいの位置に座った裕太は、すぐさまグラスをつかんだ。ごくごくと飲んでいく。美貴、瑠美、そして美沙子先生と三連続で、懐かしくも美しい女性たちと再会して、喉がからからに渇いていた。

「あら、美沙子先生のノースリーブ姿を見て、喉、からからね」

と、瑠美が言う。

いや、それだけじゃないよ。瑠美のタンクトップ姿や、美貴のエプロン姿にも喉をからからにさせていたよ。

「先生、結婚なさったんですね」

美沙子の左手の薬指には、美貴同様、リングが光っていた。瑠美にはなかった。

すると、美沙子の美貌がくもる。なにか、まずいことを言ったのか。

「彼、浮気しているの……同僚教師と……」

と、美沙子が言う。

「そ、そうなんですか……すみません……」

「佐野くんが謝ることじゃないわ。学校でもうまくいかなくて、先週から休みをもらっているの。今、私、Y市の中学で教師をしているの」

Y市は、この港町からはかなり離れていた。

「教育方針で、校長とぶつかってしまって……夫は浮気しているし……なんか、パニックになってしまって……そうしたら、ここを思い出したの。私の最初の赴任先を」

「僕も同じです。上司とうまくいかなくて、会社やめてしまって……そうしたら、ここを思い出して、来てしまったんです」

「そうなの」

美沙子が裕太を見つめている。憂いを帯びた瞳に、ドキンとする。笑顔の工藤先生しか記憶にないだけに、熟女の眼差し（まなざし）に股間が疼（うず）いた。

思えば、美沙子先生も三十五才だ。しかも、大学を出たばかりのときとは違って、人妻だ。

品のいい中にも、大人の女の色気がにじみ出している。

「今夜は再会を祝して、飲みましょうっ」

と、瑠美が言う。今夜の宿泊客は、美沙子と裕太だけらしい。

瑠美がキッチンから缶ビールを持ってくる。つまみは肉じゃがだ。

「これ、夕飯の残りなの。先生、ごめんね」

と、瑠美が言う。

「これ、長月さんが作ったの？」

「そうだよ。瑠美特製の肉じゃがだよ」

マドンナが作った味噌汁を飲んだあとは、ナンバーワンオナペットが作った肉じゃがだ。ビールを飲み、肉じゃがを口に運ぶ。

「どうかな」

「おいしいよっ」

瑠美がにっこりと笑った。

幸せだった。ふたりの美女といっしょに、リラックスした場所で酒を飲めるなんて。まさか、こんなハッピーなことが待っていたとは。

裕太は酒は強くないが、かなりハイピッチで飲む。

「佐野くん、顔が赤いよ」

つんつんと、瑠美が裕太の頬を突いてくる。

「長月さんも赤いよ」

と、酔った勢いで、瑠美の頬もつんつんと突いていた。

3

裕太は目を覚ました。どうやら、酔いつぶれたようだ。こんなことは大学生以来な気がする。

テーブルに突っ伏していた。顔を起こそうとして、白い足が視界に入ってきた。瑠美がバスタオル一枚で、キッチンに向かっていた。水でも飲みに来たのだろうか。

顔を起こすと、ちょうど冷蔵庫を開き、前屈(まえかが)みになって、なにかを取ろうとしていた。裸体に巻いたバスタオルの裾(すそ)がたくしあがり、むちっと張った生の尻があらわになった。

おうっ、と裕太は目を見張った。中学のとき、最強のオナペットだった瑠美の生尻が突き出されていたのだ。

取ろうとしているものが冷蔵庫の下の奥にあるようで、さらに生尻を突きあげてくる。

裕太は身を乗り出して、瑠美のヒップを見てしまう。それは見事な逆ハート形を描き、ぷりっと尻たぼが張っていた。

バックから突っこみたくなるようなヒップだ。

瑠美が上体を起こした。プリンが奥に押しこめられていたようだ。こちらを向き、スプーンを口に運ぶ。

瑠美と目が合った。

「あら、起きたの」

「うん……いつの間にか、眠ってしまって……先生は？」

「先にお風呂に入って、今、部屋にいるわ。そうそう、佐野くんのお部屋、案内していなかったね」

鍵、持ってくるね、と言って、瑠美は裸にバスタオルだけでキッチンを出て、フロントに向かう。

なんて大胆な人なのだろう。

「案内するから」

と、リビングの入口で、瑠美が手招きする。バスタオルの胸もとから、半分近く乳房の隆起がはみ出ている。ちょっとずれれば、乳首が見えそうだ。

瑠美のセミヌードを前にして、裕太はすっかり目を覚ましていた。

立ちあがり、リュックを手に瑠美に近寄る。瑠美はバスタオル一枚のままだ。

どうしても、はみ出ている乳房に目が向くが、瑠美はなにも言わなかった。

むしろ、見せつけている感じだ。

「二階よ」

と言って、先を歩く。

階段を一歩上がるたびに、バスタオルの裾がたくしあがる。太腿(ふともも)のつけ根までまる出しになり、今にも、また尻たぼが見えそうになる。

が、見えそうでぎりぎり見えない。

裕太は瑠美のバスタオルの裾を見ながら、階段を上がりつづけた。

二階に上がると、三つのドアが並んでいる。

「三部屋ともオーシャンビューよ」

と言い、いちばん奥が先生の部屋、と教えてくれる。

「真ん中が佐野くんね」

と言って、鍵を差しこみ、ドアを開く。どうぞ、と瑠美が身体を壁に押しつけ、譲る。裕太はバスタオルからこぼれそうなふくらみの脇を通り、部屋の中に入った。

中は意外と広かった。セミダブルのベッドがあり、デスクもあった。まっすぐ進み、カーテンを開き、窓を開ける。すると、潮風が吹きこんできた。波の音も聞こえる。

月明かりが、ビーチを照らしている。

そこには、ふた組のカップルがいた。並んで座り、夜の海を見ている。

「佐野くんは、彼女はいないの？」

真横に立ち、瑠美が聞く。石けんの匂いがする。

「いないよ」

「そうなんだ……じゃあ、いいかな」

「えっ、なにが……」

「明日、島に行ってみないかな、と思って」

「やり島っ」

思わず、中学のときに呼んでいた名前を口にする。

「違うよ、矢来島だよ」

瑠美を見ると、なぜか頬を赤くさせている。

「オプションで矢来島を案内しているの。佐野くんは、特別に案内してあげる」

「ありがとう。楽しみだよ」

「じゃあ、また明日。おやすみなさい」

バスタオル一枚の瑠美が出ていく。

瑠美がいなくなってから、もしかして誘っていたのでは、と思いはじめた。

なにせ、彼女はバスタオルを剝げば、素っ裸だったのだ。

案内するとは言っても、普通はいったん、Tシャツとかを着るだろう。だけど瑠美はバスタオルだけで、ずっと裕太のそばにいたのだ。

いや、それは考えすぎだ。なんとなく成りゆきで、バスタオルだけで案内しただけだ。

自慢ではないが、裕太はモテたことがない。久しぶりに同級生の女子と会って、名前を覚えてもらっていただけで感激しているのだ。

いや、でも、明日やり島、じゃなくて矢来島に案内すると言ってきたぞっ。

矢来島は小さな無人島で、そこでカップルがやりまくっているという話を、中学生の頃、よく男子たちの間でしていた。

そうだ。瑠美は中学時代、大学生ふうの男と船で矢来島に向かっているところをクラスの男子に見られていた。

それから、瑠美はやりまくって、おっぱいが大きくなったんだ、もう処女じゃないぞ、と噂(うわさ)になった。

その噂を裕太は信じていた。そして瑠美を思ってオナニーするときは、いつもビーチでバックからやられている姿を想像して、しごいていた。

その矢来島に、明日、瑠美が案内するという。昼間だから、ふたりきりというわけではないだろうが、でも、やり島なのだ。

瑠美とやれるかもっ。

いや、それはない。やれなくても、キスくらいはあるかもっ。

しかし、そうなったらなったで緊張する。いずれにしても、瑠美が処女ということはないだろう。が、こちらは童貞である。

高校から東京に越して、童貞のままなんて、なんかばれたくない。

こんこんと、ドアがノックされた。

瑠美だろう、と思い、はい、と返事をして、ドアを開いた。

すると、美沙子が立っていた。

「工藤先生……」

美沙子は風呂からあがって、着がえていた。タンクトップにショートパンツ姿だ。あまりに意外なかっこうに、そして露出した肌を見て、ドキンとする。しかも、漆黒の洗いざらしの髪を背中に流している。それがとても色っぽい。

当たり前だけど、工藤先生も女なんだな、と思った。

「これから、ビーチに行かないかしら。なんか眠れなくて……」

「いいですね。行きましょう」

僕も短パンに着がえますから、と言うと、下で待っているから、と言われた。

ドアが閉まると、裕太は急いで、リュックの中身をベッドに出す。ちょっとした着がえしか持ってきていない。ポロシャツを脱ぎ、ジーンズを脱ぐ。

ブリーフだけになると、汗くさいのでは、と思った。美沙子は風呂あがりだった。しかし今から風呂に入るのも……美沙子はひとりでビーチに行ってしまいそうだ。

裕太はTシャツを着て、短パンを穿くと、部屋に置いてあったサンダルを履いて、部屋を出た。

ペンションを出ると、美沙子が立っていた。

ああ、まさか、美沙子先生のショーパン姿を拝めるとは。

白い足がすらりと伸びている。太腿は人妻らしく、あぶらが乗っている。

裕太に気づいた美沙子が手を振る。すると腋の下があらわれ、タンクトップの胸もとが誘うように動く。

あっ。

勃起していた。美沙子先生の腋の下を目にした瞬間、びんびんに勃っていた。

ブリーフだから、美沙子からはわからないだろうが、勃起させて先生といっしょなんて、なんか不謹慎ではないか。

「はやく」

なかなか行かない裕太にじれて、美沙子がさらに手を振る。今度は両手をあげて、振っている。

右だけではなくて、左の腋の下もあらわになる。月明かりを受けて光っている。

ああ、なんて眺めだ。これを眼福というのだろうか。瑠美のタンクトップショーパン姿を見て感動していたが、美沙子先生の場合は爆発ものだった。

裕太は美沙子に駆け寄った。駆けるとき、勃起したペニスの先端がブリーフにこすれ、どろりと我慢汁が出ていた。

「行きましょう」

と、美沙子が歩きはじめる。裕太も並んで歩く。潮風とともに、湯あがりの匂いが薫ってくる。濡れた髪が頬に貼りつき、ますます色っぽい。

美沙子先生も三十五の人妻か……でも、同じ教師の夫は浮気しているという。こんないい女を奥さんにしても、ほかの女に目が向いたりするのだろうか。

俺だったら、美沙子しか抱かない。浮気なんて、ありえない。

「ありえない……」

思わず、つぶやいていた。

「えっ、ありえないって……なにが?」

と、美沙子がこちらを見つめる。

ああ、なんてきれいな瞳なんだ。美貴といい、美沙子といい、近距離で見つめられると、キスできるかも、と勘違いしてしまう。

「いや、あの……旦那さんの……浮気です。僕だったら、絶対しないなって……

そう思って……」

「ありがとう。うれしいわ」

と、美沙子が笑顔を見せるが、どこか影を感じる。不謹慎だが、そんな憂いを帯びた表情に、我慢汁を出してしまう。

裕太は勃起させたままだ。ずっと石けんの香りがしていて、そこにはわずかに美沙子の甘い匂いも混じっていた。

中学のとき、たまに薫ってきた美沙子先生の匂いだ。あの頃はさわやかな感じだったが、今は、それに濃い甘さが加わっている気がした。

4

ビーチに出た。カップルはひと組に減っていた。波打ちぎわに並んで座り、キスしている。女のほうが、細くて白い腕を男の首にまわして、熱いキスを交わしている。

「あら……」

と言って、美沙子が裕太の手をつかんできた。五本の指を五本の指にからめてくる。

「そこに座りましょう」

と、美沙子はカップルが見える、斜めうしろに腰を下ろした。

裕太は並んで座る。

「ここの海を見ていると、なんか心が洗われるわね」

「はい……」

「まさか、佐野くんと会えるとは思っていなかったわ。なんか、すごくうれしいの」

「僕も、先生に会えてうれしいです」

美沙子は五本の指をからめたままだ。なかなか離さない。斜め前のカップルはまだキスを続けている。しかも男のほうが女の背中に手をまわし、Tシャツの裾をたくしあげはじめていた。白い背中があらわになる。

「会社、やめたって言ってたわね。さっき、ずっと上司の悪口言っていたわよ」

「えっ、そうだったんですかっ」

酔いすぎていて、裕太はまったく記憶がなかった。

「長月さんが、そうねそうね、ってずっと相づち打っていたわよ。明日、お礼を言ってあげてね」

「長月さんが……」

「いい子よね。彼氏、いないそうよ」

「そうなんですか……」

さっき、瑠美からは彼女いないのか、と聞かれた。いない、と答えると、やり島に誘われた。瑠美は頬を赤くさせていた。

「中学の頃が懐かしいわね。あの頃は楽しかったな」

「あんっ」

と、斜め前の女が甘い声をあげた。背中を這っていた男の手が、女の胸もとに移動したのだ。

美沙子がぎゅっと裕太の手を握ってくる。

どうしても、美沙子の胸もとに目が向く。タンクトップの胸もとは高く張っている。

美沙子先生は、隠れ巨乳じゃないのか、と男子たちの間では囁かれていた。ブラウスの胸もとはたいしてふくらんではいなかったが、あれはブラで押さえているからだ、という説が主流だった。

隠れ巨乳という説に一気に信憑性が増した出来事があった。体育祭だ。体育祭では、教師もTシャツにジャージ姿になる。ただ、美沙子先生は上もジャージを着ていた。

だから胸もとはよくわからなかったのだが、昼の休憩時間に、Tシャツ姿の美沙子先生を見たという男子が数人あらわれたのだ。

——水飲み場で顔を洗っていたんだけど、そのとき、上のジャージを脱いでいて、Tシャツ姿だったんだ。顔を洗い終えた先生が上体を起こした姿を見たんだ。あまりのおっぱいのでかさにびっくりしたぜ。

——すごかったぜっ。長月も真っ青なくらい、胸もとが張っていたんだっ。

——バレーボールを入れているような感じだったぞっ。

クラスメートの証言によって、美沙子先生は隠れ巨乳という説が定着した。

それから授業のたびに、裕太は美沙子先生の胸もとが気になって仕方がなかった。

「そんなに胸が珍しい？」

「あっ、すみません……」

謝ると、美沙子がうふふと笑った。

「中学生の頃と変わらないわね」

「えっ……」

「いつも私の胸を見ていたでしょう、佐野くん」

「えっ、知っていたんですかっ」

「授業中、あれだけ露骨に見られたら、わかるわよ」

「すみませんっ、見てましたっ。今も、見てましたっ」

いつまで経っても、美沙子は裕太にとって先生だ。

「隠れ巨乳の噂、本当だったんだ、と思って見ていたんでしょう」

「知ってたんですかっ」

「高梨さんが教えてくれたわ。どうしてるかな」

「高梨さんは港で定食屋をやっています。夕ご飯は、そこで食べたんです」

「あら、そうなの。マドンナが定食屋ねえ。意外だわ」

「ご主人とふたりでやっていて、ご主人が事故で亡くなって、ひとりでやっているって」

「あらそうなの。みんな、いろいろあるのね」

なんかしんみりしてしまったが、それを打ち破るように、

「あんっ、だめよっ」

と、女の声がビーチに響きわたる。

さっきまで胸もとにあった男の手が、ついに女の下半身に向かっていたのだ。

ふたりは立ちあがり、ビーチを出ていった。これから宿でやるのだろう。

ふたりきりになり、急に息苦しくなる。

「佐野くん、つらいんじゃないの」

「えっ……」

「ずっと勃起させたままでしょう」

「えっ、先生っ……どうしてっ」

「わかるわよ。私、人妻なのよ」

「そ、そうですよね……人妻ですよね……」

「中学生の担任の頃の工藤先生とは違うわ」

「あのときは、あの……」

「さあ、どうかしら」

美沙子先生が処女かどうか、男子の間では論争になっていた。裕太は処女派だった。なんの根拠もなく、ただの童貞の願望である。

「処女よ、佐野くん」

と言うなり、美沙子がちゅっとキスしてきた。

あっ、と思ったときには、美沙子の唇が裕太の口に触れていた。

が、すぐに、美沙子の唇は離れた。

「ごめんなさい……なんか、酔っているわね……」

と、美沙子が美貌をそらす。

美沙子先生とファーストキスをして、裕太の頭には血が昇っていた。

今のがファーストキスっ。いや、ちょっとだけ唇と口が合わさっただけだ。

ファーストキスっ！　美沙子先生とファーストキスっ！

興奮の極地状態の裕太は美沙子のあごを摘まんでいた。こちらを向けさせる。

美沙子が、えっ、という顔をした。その顔に、裕太は口を寄せていく。そして、キスをした。さっきとは違い、しっかりと唇と口が合わさっていた。

美沙子は目をまるくさせたものの、唇を引いたりしなかった。

そのまま裕太が唇を舌先で突くと、唇をゆるめてくれた。裕太はすぐさま、そこに舌を入れていく。

美沙子の舌を舌先に感じた。それだけで、裕太は震えていた。

憧れの美沙子先生と舌を触れ合わせているんだっ。

美沙子が舌をからませてきた。ねっとりと舌と舌がからまり合う。

いったんからめると、美沙子のほうが積極的になってきた。

「うんっ、うっんっ……」

悩ましい吐息を洩らしつつ、かつての教え子の舌を貪っている。

裕太は痺れていた。キスって、こんなにいいものなのか。興奮するのはもちろんのこと、なんかすごく幸せな気分になるのだ。

こんな気持ちいいことを、この年になるまで知らなかったなんて……でも、そのおかげで、ファーストキスは美沙子先生になったんだっ。

ようやく、美沙子のほうから唇を引いた。ねっとりと唾液の糸が引き、美沙子がじゅるっと吸い取った。そして、あっ、と声をあげ、

「ああ、はしたないところを見せたわね……」

と、頬を赤らめた。

「はじめてです」

と昂(たかぶ)ったまま、裕太はばか正直にファーストキスだと告白した。

「そうだと思った」

「えっ、キス、下手でしたか」

「そんなことはないわ。上手よ。でも、はじめてかな、と感じたの」

「そうなんですか……」

「うれしいわ、私が佐野くんのはじめての相手で」

キスのことを言っているとわかっていても、ふと初エッチの相手だと言われているような気がした。

美沙子のほうから唇を重ねてきた。ぬらりと舌を入れつつ、短パンの股間をつかんできた。

5

「う、ううっ」

不意をつかれ、裕太はあわてた。

「すごく硬くなっているわね」

火の息を吐くように、美沙子がそう言う。

「ああ、先生……ああ、先生っ」

短パンの上から握られただけで、裕太は腰を震わせる。じかにつかまれたら、どうなるのだろうか。

美沙子が短パンのフロントボタンをはずしはじめる。

「えっ、先生……」

「いやかしら」

「い、いやじゃないけど……でも……」

裕太はあわててまわりを見る。夜のビーチにはもう誰もいなかった。

港町は朝がはやいぶん、夜もはやい。みな、寝静まっている時間だった。まわりを見ている間に、短パンのフロントジッパーも下げられ、ブリーフをあらわにされた。

「あら、すごい沁み」

最悪だった。ブリーフはグレーだったのだ。沁みがもろにわかる。先生とファーストキスをして、我慢汁を大量に出していることがばればれだった。

「すごく苦しそうね」

　と言いつつ、美沙子がもっこりとした先端を、指先で撫でてくる。

「あ、ああ、先生……」

　これは拷問だった。じかに触ってほしいけど、ビーチでペニスを出すわけにはいかない。ひたすら我慢汁を出すなか、美沙子の指先がブリーフの先端を動いている。

「出しちゃいなさい」

「でも……」

「童貞くんは、恥ずかしいのかな」

　美沙子が小悪魔の顔で、そう言う。

　美沙子先生がこんな顔をするなんて。やっぱり人妻だから、旦那とやりまくっているから、こんな顔をするんだ。

「先生、見たいな、佐野くんのおち×ぽ」

　美沙子がそう言う。

「先生、からかっているんですかっ」

「からかってなんかいないわ……佐野くんとチューしたら、おち×ぽにもチューしたくなったの……」

そう言って、鎖骨あたりまで赤くする。

「おち×ぽにもチューって、それって、フェラですかっ」

「さあ、どうかしら……」

美沙子先生が、キスだけでなく、フェラもっ。

次の瞬間には、裕太はブリーフを下げていた。弾けるようにペニスがあらわれた。先端は我慢汁で真っ白だ。

「ああ、すごいわ」

美沙子先生が感嘆の声をあげる。

俺のち×ぽって、すごいのかっ。

「大きいね。触っていいかな」

「はい、先生……」

返事の声が震えている。

美沙子が反り返った胴体を、白くて細い指でつかんできた。

「ああ、先生……」

憧れだった美沙子先生に、ち×ぽを握られているっ。

それだけでもう、暴発しそうになる。

「硬いわ……すごく硬い……ああ、うれしいな」

「なにがうれしいんですかっ」

「だって私を思って、私とチューしてこんなに大きくさせてくれたんでしょう」

と言いながら、美沙子がしごいてくる。

あらたな我慢汁がどろりと出てくる。

「きれいにしてあげる」

と言うなり、美沙子が裕太の股間に品のいい美貌を寄せてきた。

あっ、と思ったときには、ピンクの舌が先端を這っていた。

「先生っ」

声が裏返っていた。

美沙子はぺろぺろ、ぺろぺろ、と先端を舐めてくる。気持ちよくて、舐められるそばから、あらたな汁が出てくる。

暴発していないのが奇跡なくらい、気持ちよかった。

「ああ、きりがないわね」

と言うと、美沙子が鎌首を咥えてきた。

第二章　夜のビーチで

1

「あっ、先生っ」

鎌首が美沙子の口に包まれた。鎌首全体がとろけそうな快感に、裕太は下半身をくねらせる。

美沙子はくびれを唇で締めると、じゅるっと吸ってくる。

「ああっ……」

裕太は大声をあげていた。美沙子が咥えたまま、かつての教え子を見あげている。その目は妖しく潤んでいる。

ああ、美沙子先生がこんなエッチな目をするなんて。

美沙子はそのまま反り返った胴体も咥えはじめる。

「う、うう……うんっ……」

根元まで咥えると、強めに吸ってくる。優美な頬が、ぐっとへこむ。そしてふくらみ、またへこむ。

「ああ、そんなにされたら、出そうですっ」

美沙子はこちらを見あげて、うなずく。

出していいということか。いや、先生の口になんて出せない。

「うっんっ、うっんっ、うんっ」

美沙子の美貌が上下している。唇からペニスがあらわれ、そしてまた呑みこまれる。ち×ぽ全体がとろけてなくなりそうな快感に、裕太は限界を覚える。

「ああ、出ますっ。ごめんなさいっ、先生っ」

そう叫ぶと、裕太は射精させた。

どくどく、どくどくと勢いよく、ザーメンが噴き出した。

「う、うう……」

美沙子は美貌を歪めつつも、しっかり喉で受けてくれている。

まさか、俺の人生で、美沙子先生の口に出す日が来るとは……。

脈動はなかなか鎮まらない。美沙子の口にザーメンを出しつづける。注ぎつづける。

美沙子は美貌をあげない。かつての教え子のたまりにたまった劣情を、受け止めつづけている。これも担任教師の役目だというかのように。

そうか。失職して失望の中にある教え子の癒しになれば、と美沙子先生は、その身を投げ出しているのだ。

投げ出す……。

——うれしいわ。私が佐野くんのはじめての相手で。

美沙子の言葉が浮かびあがる。

すると美沙子の口の中で、ペニスがひくついた。

脈動が鎮まった。美沙子が唇を引きあげる。半開きの唇からどろりとザーメンが垂れ、美沙子はあわてて手のひらで掬う。

「吐き出してくだいっ。ぺって、してください、先生」

美沙子は、いや、と首を振り、あごを反らすと、ごくんと喉を動かしたのだ。

えっ、飲んだのっ。俺のザーメンを、美沙子先生、飲んでくれたのっ。

美沙子は手のひらで受けたザーメンをぺろぺろと舐め取っていく。

「先生っ、そんなっ、まずいですよね」

美沙子はていねいに手のひらを舐め取ると、また、ごくんと喉を動かした。

そして、

「おいしかったわ、佐野くん」

と言ったのだ。

裕太は感激で泣きそうになった。実際、目を潤ませていた。

「どうして、そんな顔をするの」

美沙子が裕太の顔を両手で挟んでくる。

「気持ちいいことしてもらって、泣くなんて変よ」

「だって、先生……失業した僕を励ますために……フェラして、飲んでくれたんですよね」

「ううん……私が佐野くんのおち×ぽを、しゃぶりたかっただけよ……飲みたかっただけ……」

「うそですっ。ありがとうございましたっ」

と、裕太は涙をにじませつつ、頭を下げる。

「じゃあ、先生も気持ちよくしてくれるかな」

「えっ……」

「お礼に、気持ちよくさせて、佐野くん」

裕太を見つめる美沙子の目は妖しく潤んでいた。大人の、人妻の目だった。教え子を癒すためにフェラしたのだろうが、確かに裕太だけ気持ちよくなっているだけだ。

でも、先生を気持ちよくさせるって、どうやって……。

裕太の視線がタンクトップの豊かなふくらみに向く。

あれをつかんで、揉むのでは……そんなこと、先生にしていいのだろうか……。

「もう、童貞くんは世話が焼けるわね」

と言うと、美沙子が裕太の手を取り、タンクトップの胸もとに導いたのだ。

あっ、と思ったときには、美沙子先生のおっぱいをつかんでいた。タンクトップ越しだったが、ボリュームを感じた。そのまま揉んでいく。

「ああ……直接がいいな……」

と、美沙子が言う。

「直接って、あの……脱がせていいんですか」

「さあ、知らない……自分で考えなさい」

「すみません、先生……」

裕太はまた、まわりを見た。相変わらず、人の姿はない。瑠美のペンションのほうに目を向けた。二階の窓が見えたが、みな真っ暗だ。瑠美の寝室は一階の奥だろうが、もう寝ているのか。

「あの、先生を気持ちよくさせたいです」

「どうするのかしら」

「あの……脱がせて、いいですか」

「そんなこと、いちいち女子に聞くのかしら」

「すみません……」

もうっ、とじれたのか、美沙子がタンクトップの裾をつかむと、胸もとで両腕をX字に交叉させるようにして脱いでいく。すると、ブラに包まれた乳房があらわれる。ハーフカップから今にもこぼれそうだ。

さらに美沙子がタンクトップをたくしあげていく。すると、腋のくぼみがあらわになる。

「あっ、先生の腋っ」

思わず、中学時代に戻って叫んでいた。

「えっ、なに……」

「すみません。中学時代、先生の腋、一度だけ見えたときがあって……」

「ああ、そうね。夏休み前、あまりに暑くて、一度だけノースリーブのブラウスを着て、教壇に立ったわね……ああ、でも、なんか、すごく生徒たちの視線の圧がすごくて……それで、あれっきりになったの。みんな、男子は私の腋を見ようとしていたのね」

「はい。先生、授業中、一度だけ、テキストを読みながら、胸に流れた髪をかきあげたときがあって、あのとき一度だけ、先生の腋が見えました」

そのときのことを、裕太ははっきりと覚えていた。

「ああ、そんなに腋って見たいものなのかしら」

「見たいです」

「今も？」

「見たいです」

「ブラだけになっていても……」

「はい」

そうなのだ。今、美沙子先生はブラとショーパンだけで、ビーチに座っていた。

「ちょっとだけね……」

と言うと、美沙子は両腕を万歳するようにあげてみせた。

美沙子先生の腋の下がはっきりと見えた。月明かりを受けて、汗までわかる。

「ああ、恥ずかしい……」

と、すぐに美沙子は両腕を下げた。

「あっ、すごいっ、もう、こんなになっているっ」

さっき、美沙子の口に出したばかりだったペニスが、腋の下を目にした瞬間、ぐぐっと大きくなっていた。

裕太はブラの上から、美沙子の乳房をつかんだ。

「あっ……当たるの……乳首……」

裕太は美沙子の声に煽られ、ブラカップを押しつけるようにして、揉みこんでいく。

「あっ、あんっ……」

美沙子の上半身がぴくぴくっと動く。

美沙子の感じている顔に、裕太は欲情する。もうペニスは完全に復活していた。

「ブラ、取って……佐野くん……」

と、火の息を吐くように、美沙子が言う。

はい、と裕太は美沙子の背後にまわろうとする。すると、だめよ、と言って、美沙子が抱きついてきた。

そして、キスしてくる。ぬらりと舌が入ってきて、裕太はまたメロメロになる。

「あんつ、なにしているの。キスしながら、ブラをはずすのよ」

「えっ……」

そんな高度なこと、童貞の俺にできるだろうか。

「もう二十七でしょう」

「すみません……」

と謝ってしまう。また、美沙子がキスしてきた。両腕を伸ばし、裕太の首にまわしてくる。ブラ越しのバストが、Tシャツ越しの胸板に当たった。

裕太は両手を美沙子の背中にまわすとブラホックを探る。が、ブラホックを探るというより、美沙子の背中を撫でてしまう。

美沙子先生の背中、しっとりすべすべだ。

「あんっ、どこ触っているのかしら。ブラをはずして、佐野くん」

すみません、と裕太はブラホックを探る。あった。はずそうとするが、見えていないからうまくできない。また、美沙子がキスしてきた。

ああ、たまらない。美沙子先生のベロも、唾液もたまらない。

2

偶然にも、ホックがはずれた。そのとたん、ペニスが完全に勃起を遂げた。

細いストラップが下がり、ブラカップも下がる。と同時に、たわわに実った美沙子先生の乳房が、月明かりの下にあらわになった。

「あっ、先生っ」

「ああ、やっぱり、恥ずかしいね」

と、美沙子はすぐに両腕で乳房を抱いた。乳首は二の腕で隠れたが、豊満なふくらみは隠しきれず、二の腕から悩ましくはみ出す。

美沙子先生の手ブラに、裕太は鼻息を荒くさせる。

「おっぱいっ、先生のおっぱいっ」

と、裕太は美沙子の二の腕をつかむ。

「ああ、恥ずかしいからだめよ」

と、乳房から腕を引くのを美沙子が拒むが、裕太にしては珍しく、力ずくで両腕を乳房から離した。

あらためて、たわわな乳房のすべてがあらわになる。

乳首はすでにぷくっととがっている。ブラカップにこすれているうちに、さらにとがってしまったのだろう。

「ああ、そんなにじっと見ないで、恥ずかしいから」

と、また美沙子が乳房を抱こうとする。その前に、裕太が顔を押しつけていた。たわわなふくらみに、ぐりぐりと顔面をこすりつける。

「あっ、あんっ、なにしているのっ、あんっ、だめよ……」

意図してはいなかったが、とがった乳首を顔面で押しつぶすことになり、美沙子が火の喘ぎを洩らしはじめる。

ぐりぐりと押しつけつづけていると、乳房が汗ばんできた。

石けんの香りに、甘い体臭が混じってくる。

裕太はそのまま乳首を口に含むと、じゅるっと吸った。

「はあっんっ……」

美沙子が敏感な反応を見せる。やはり人妻だからだろうか。裕太にはよくわからない。でも、感じてくれているのは間違いない。

ちゅうちゅうと乳首を吸うと、息継ぎをするように顔をあげた。美沙子を見ると、うっとりと瞳を閉じている。

このまま責めるぞっ、ともう片方の乳首にしゃぶりついていく。

「あっ、あんっ」

ぶるっと美沙子の上体が震える。

「ああ、噛んでみて……優しく噛んでほしいの」

と、美沙子が言う。裕太はとがった乳首の根元に歯を当てる。するとそれだけで、ぴくぴくっと美沙子の上体が反応する。

「噛んで、おねがい……優しくね……」

裕太は恐るおそる、繊細な蕾に歯を食いこませていく。

「あうっ、うう……」

美沙子ががくがくと上半身を震わせる。汗の匂いがぐっと濃くなる。

「上手よ、ああ、上手よ、佐野くん」

先生に褒められるとうれしい。調子に乗って、ちょっと歯に力を入れてしまう。

すると、

「痛いっ」

と、美沙子が叫んだ。すみませんっ、とあわてて口を引く。

「いいのよ……佐野くん……もっと嚙んで……」

裕太を見つめる美沙子の瞳はとろんとなっている。

はい、と反対側の乳首を口に含むと、とがった乳首の根元に歯を当てる。そして、食いこませていく。

「あ、あんっ……ああっ、あんっ……こっちも摘まんで。いじって、佐野くん」

裕太は左の乳首を甘嚙みしつつ、右の乳首を摘まむと、こりこりところがしていく。

「ああっ、上手よっ……ああ、童貞なんて、うそでしょう……あ、ああっ、いいわ、佐野くん」

俺はうまいのか。テクニシャンだったのか。それを披露する機会が今までなかっただけか。いや、先生だから、生徒をやる気にさせるのがうまいだけだ。

「ああ、揉んで、おっぱい、揉んで」

裕太は右の乳首から手を放すと、じかに豊満なふくらみをつかんでいく。

「ああ、はあっ、あんっ……」

美沙子の乳房はやわらかかった。おっぱいって、こんなにやわらかいものなんだ、と思った。

強めに揉んでいくと、五本の指が食い入っていく。が、途中から押し返してくる。そこをまた揉みこんでいく。

「はあっ、ああ……」

美沙子はかなり感じてた。裕太が上手だというよりも、人妻として熟れた身体が、男を欲しているような気がした。

美沙子の夫は浮気をしているという。ということは、ご無沙汰ということか。

美沙子がペニスを握ってきた。

「ああ、もう、こんなになって……ああ、欲しくなったの……どうしたらいいのかしら」

勃起を取りもどしたペニスを強くつかみ、美沙子が聞いてくる。

「どうしたらって……その……」

場所を変えるのか。いちばんはペンションに戻ってやることだろう。でも、瑠美がいるのだ。

ほかには、適当な場所が思いつかないし、そもそも移動しているうちに、美沙子の気持ちが醒（さ）めていくのでは、と思った。

「ここで」

と言うと、裕太を見つめる美沙子の目が光った。

「大胆ね。私、外でしたことないわ」

「僕もありません」

そもそもエッチ自体したことがなかったが……。

「佐野くんは出しているから、私が出せばいいのね」

と、美沙子が言う。

「はい。おねがいします」

声が裏返っている。だって、これから初体験なのだ。しかも相手は、中学生のときの担任の先生なのだ。

美沙子がショーパンのボタンをはずした。そして、フロントジッパーを下げていく。

裕太は生唾を飲みこんで、じっと美沙子先生の股間を見ている。あらわれたパンティは黒だった。思わず、

「先生のパンツ、黒だっ」

と、中学の頃に戻ったような声をあげてしまう。

「ばかね……あの頃は、白だったわよ」

「そうなんですか。処女で、白パンだったんですね。そして、隠れ巨乳だった」

「そうね……ああ、恥ずかしいわ……パンティの色まで想像しながら授業を受けていたのね」

「はい。すみません……」

なにせ、中坊なのだ。

美沙子は太腿の半ばまでショーパンを下げると、

「そこに寝て」

と言った。寝るんですか、と聞き返す。そうよ、と美沙子がうなずく。

裕太は言われるまま、ビーチに仰向けに横たわった。

「星がきれいです」

と言う。ペニスは天を衝いている。

美沙子先生がさらにショーパンを下げ、足首から抜いていった。ついに、ビーチで黒のパンティだけになっている。

こんな姿、知っている人に見られたら、教師でいられなくなるんじゃないか、と思った。まあ、遠くから見たとしても、まさかパンティだけの女が、美沙子先生だとは夢にも思わないだろう。

実際、目の前で見ている裕太自身も、美沙子先生なのか、と疑ってしまう。

美沙子は裕太の股間を白い太腿で跨いだ。そして、ペニスをつかむと、股間を下げてくる。パンティはそのままだ。

黒のパンティはかなりのハイレグだった。だから、ちょっとずらせば、割れ目があらわになると思った。ハイレグだったが、恥毛ははみ出ていない。

鎌首にパンティが貼りつく股間が迫る。

美沙子がハイレグを脇にずらした。

「あっ……」

美沙子先生の割れ目が見えた。割れ目しか見えなかった。驚くことに、美沙子先生は、

「ぱいぱんっ」

だったのだ。

「黙ってて、佐野くん」

と言いながら、美沙子が剝き出しの割れ目を鎌首に押しつけてきた。しっかりと閉じていた割れ目が、鎌首に触れたとたん開くと、ぱくっと咥えてきた。

「あっ」

「あうんっ」

裕太と美沙子は同時に声をあげていた。美沙子はそのまま腰を落としてくる。ずぶずぶと裕太のペニスが垂直に入っていくというより、まっすぐに美沙子の穴が呑みこんできたと言ったほうが正確だろう。

裕太の勃起したペニスは瞬く間に、美沙子の中に吸いこまれていった。

「あうっ、うんっ」

すべてを呑みこむと、美沙子が腰をうねらせはじめる。

「ああっ、先生っ」

美沙子のおま×こは燃えるようだった。美沙子に限らず、おま×ことというものは熱いのかもしれない。そしてなにより、濡れていた。ぐしょぐしょだった。

「はあっ、ああ……硬いわ……ああ、すごく硬いの、佐野くん。ああ、佐野くんのおち×ぽは……ああ、こんなだったのね」

「えっ、先生も中学のとき、男子のち×ぽを想像していたんですかっ」

「ばかね、教師が教え子のおち×ぽなんて、想像するわけないでしょう。あっ、ああっ、ねえ、どうして、じっとしているのかしら」

「すみませんっ。ああ、はじめてで、なんかすごく感激してしまって」

「じゃあ、しばらくこのままで、感激に浸らせてあげる」

と言うと、美沙子が上体を倒してきた。たわわな乳房で裕太の胸板を押しつぶし、抱きついてくる。

「ああ、先生」

美沙子先生と夜のビーチでひとつになっていた。まさに夢のようだった。でも、これは現実だ。だって、美沙子先生の甘い体臭がずっと薫ってきているから。

夢には、匂いまではつかないだろう。

「ああ、この年まで童貞でよかったです」

「どうしてかしら」

「だって、はじめてが工藤先生なんですよっ。ああ、中学のときの男子たちに、自慢したいですっ」

「女子には気づかれるかもね」

「女子……」

ペンションの瑠美の顔が浮かぶ。寝ているとは思ったが、もしかして起きていて、美沙子と裕太がいっしょに出たことに気づいているかもしれない。

「そろそろ、突いて、佐野くん。ああ、先生、じれったくなってきたわ」

はい、と裕太は突きあげる。すると、ひと突きで、あうんっ、と美沙子が反応を見せた。ペニスにからみついている肉の襞の群れが、ざわざわと収縮する。

「ああ、先生」

裕太はどんどん突きあげていく。

突くたびに、あっ、あぁっ、と美沙子が上体を起こしていく。胸板で押しつぶされていた乳房もあがり、突くたびに、ゆったりと揺れる。

俺がち×ぽで美沙子先生のおっぱいを揺らしているんだ、と血が滾る。

「ああっ、いいわっ……ああ、佐野くんのおち×ぽ……ああ、先生と合うわ」

「合うって、おま×ことですかっ」

「あんっ、そうよ……先生のお、おま×こと……ああ、相性がいいみたい、ああ、あああっ、いいっ」

美沙子がぐぐっと背中を反らした。と同時に、熱く包んでいる媚肉が、強烈に締まる。

「ううっ……」

思わず出そうになり、裕太は突きあげを止める。さっき美沙子の口に出していなかったら、すでに暴発させていただろう。

「あんっ、どうしたの、佐野くん」

「いや、その……」

「出そうなのね」

「はい。すみません、はやくて……」

「もう、いいわ。そのまま出して……」

と、美沙子が言い、自ら、また腰をうねらせはじめる。上体を斜めにして、クリトリスをこすりつけてくる。

「あ、ああ、いいわ……ああ、突いてっ、ああ、力いっぱい、突いてっ」

はいっ、と裕太は、思いきって突きあげる。暴発させてしまってもいい、と言われると、安心して突くことができる。

「ああっ、そうよっ、ああ、あああっ、上手よっ、佐野くんっ」

やっぱり、美沙子先生は褒め上手だ。褒めて生徒をやる気にさせる。先生に応えようと、自然とがんばってしまう。

暴発しそうだったが、裕太は突きまくった。ぎりぎり耐えることができていた。

「いい、いいっ……ああ、ああっ、佐野くん、おち×ぽ、いいわっ、あ、ああ
あっ、先生、いきそうよっ」

「ああ、僕もいきそうですっ」

「いっしょにっ、ああ、佐野くん、先生といっしょにっ」

はいっ、ととどめを刺すように、渾身の突きあげを見舞った。

「ひいっ……」

美沙子が絶叫し、裕太の上でがくがくと裸体を痙攣させた。当然、媚肉も痙攣していた。

「おうっ」

と、裕太も雄叫びをあげて、射精させた。

「あっ、いく、いくいく……いくうっ」

教え子のザーメンを子宮に受けて、美沙子はいまわの声をあげていた。

反った乳房が弾む。それはぬらぬらに汗ばんでいた。

しばらく上体を反ったまま、火の息を吐いていたが、脈動が終わると、ばたんっと突っ伏してきた。

「すごくよかったわ」

「僕もです、先生」

「佐野くん、あなたもこれで大人よ」

そう言うと、美沙子がキスしてきた。うんっ、うんっ、とお互い気持ちよかったと伝えるように、舌をからめつづけた。

3

翌朝、裕太は寝坊していた。目を覚ますと、十時をまわっていた。

Tシャツに短パン姿で一階のダイニングに降りると、瑠美がキッチンで洗いものをしていた。

「おはよう」

「あら、やっと起きてきたわね」

瑠美もTシャツにショーパン姿だった。すらりと伸びた生足が眩しい。

「工藤先生は?」

「チェックアウトしたわよ」

「えっ、そうなのっ」

「佐野くんによろしくって言っていたわ」

食器を洗い終え、瑠美がこちらを向く。いやでも、Tシャツの胸もとが目に飛びこんでくる。ピチTで、バストの豊満な隆起が強調されていた。

「なんか、すっきりした顔をしているよね」

と、瑠美が言う。

「えっ、そうかな……」

と、裕太は顔を撫でる。

「工藤先生もすっきりした顔をしていたわ」

「そ、そうなんだ……」

「昨日、すごかったよね」

「えっ、なにが……」

「ビーチよ。工藤先生がビーチでパンティだけになるなんて、びっくりしたわ」

「み、見てたの……」

ペンションの二階の窓はずっと暗かったはずだ。

「見てたわよ。佐野くん、意外とやるわね」

と、瑠美がつんつんと裕太の胸を突いてくる。偶然か故意か、ちょうど乳首を突く形となり、あっ、と声をあげてしまう。

「あら、そこ感じるの？」

と言って、さらに突いてくる。

「あっ、だめだよ……」

裕太は瑠美の手から逃げようとするが、瑠美はおもしろがって、Tシャツ越しに乳首を摘まもうとしてくる。

「工藤先生とエッチなんて、すごいよね」

瑠美の裕太を見る目が、きらきら光っている。昨晩までと違って見えた。もしかして、美沙子先生とエッチした裕太に興味が出てきたのだろうか。

「そ、そうかな……」

乳首を摘ままれた。強めにひねってくる。

「あっ、だめっ」

と、変な声を出してしまう。すると、キッチンの奥から、

「こんにちはっ」

と、女性の声がした。が、瑠美は構わず、さらに乳首をひねりつづける。

「あっ、ああ、だめだよっ」

瑠美の乳首ひねりに、裕太は感じてしまっていた。身体をくなくなさせていると、

「こんにちは」

と挨拶しながら、女性が入ってきた。

愛らしい女性だった。あわてて、裕太はさっと身体を引く。

「珍しい、お客さんよ」

佐野くん、と瑠美が愛らしい女性に紹介する。

「えっ、あっ、本当だっ。佐野くんだっ」

と、愛らしい女性が目を輝かせる。

えっ、誰かな……。

「佐野くん、気づいてないみたいよ」

と、瑠美が言う。

「もう、私のこと、忘れたのね。ひどいな、佐野くん」

笑顔のままで、そう言う。

「ごめん……」

と言いながら、まじまじと愛らしい顔を見る。

「あっ、もしかしてっ、三島さんっ」

「やっと思い出してくれたね」

「いや、あんまり違うから……だって、眼鏡だって、おかっぱだったし……」

「女は変わるのよ」

と、瑠美が言う。

三島陽菜。クラスでは裕太と同じように地味な存在だった。黒縁眼鏡をかけて、髪はおかっぱだった。

今、久しぶりに会う陽菜は眼鏡なしで、漆黒の長い髪をポニーテールにしていた。それがまた、よく似合っていた。

色白だった記憶があるが、健康的に小麦色に焼けている。

中学時代、三島陽菜は眼鏡を取ると、けっこうかわいいぞ、という男子が数人いたが、おまえ趣味悪いんじゃないか、とほかの男子たちがからかっていた。

裕太もほかの男子たちと同じ意見だったが、数人の男子の意見が正しかったことを知る。

「そんなにじろじろ見ないで……恥ずかしいわ」

と、陽菜が愛らしい顔をそらす。

「陽菜は有機栽培の野菜を作っているの。うちのペンションの野菜はみんな、陽菜が作ったものなのよ」

「へえ、そうなんだ。三島さん、農業やっているんだね。すごく意外」

「よく言われるわ」

と、陽菜が言う。

「OLやっていたんだけど、いろいろあって転職したの。こっちのほうが性に合っているみたい」

「そうなんだね」

「ほかにも配達があるから、またね」

と言って、陽菜はポニーテールを揺らし、去っていく。陽菜はTシャツにジーンズ姿だったが、そのヒップラインをじっと見てしまう。

三島さんのボディラインをエッチな目で見てしまうなんて……。

「あら、気が多いのね、佐野くん」

と、瑠美がまた胸板をつんつんと突いてくる。

「えっ、いや……すごく変わったな、と思って」

「陽菜、彼氏いないよ」

と、瑠美が言う。

「そうなんだね。長月さんはいるの？」

思わず、聞いてしまう。

「私もいないよ」

「そ、そうなんだね……」

「野菜も受け取ったから、今から矢来島に行きましょう」

「水着、持ってきてないんだけど」

「泳ぎたいの？」

「いや、そういうわけでもないけど」

「私のビキニ姿、見たくないのかしら」

「長月さんのビキニ姿っ……」

中学生のとき、数えきれないくらい瑠美の水着姿を想像して射精したものだ。

体育の授業は男女別々だった。女子が水泳のときには、男子はグランドで授業だった。グランドから、プールが見える。だから男子たちは、グランドで陸上の授業を受けつつ、隙あらばプールを見ていた。

いちばんのチャンスは、女子たちがプールサイドを歩くときだ。紺のスクール水着であっても、瑠美のような早熟なボディはすでにそそっていた。

男子たちは瑠美の水着姿を求めて、ちらちらプールサイドを見ていた。が、もちろん授業中だから、そんなに見られるわけではないし、こっちが見ているときに、瑠美がこちら側のプールサイドにあらわれるわけでもない。

が、たまに幸運な男子があらわれる。

——見たぞっ、長月のおっぱいっ。やっぱりでかいぜっ。

——すごいぜっ。水着が張り裂けそうだっ。

そんな自慢話をよく聞かされたが、裕太はちらっとしか瑠美の水着姿は見ていなかった。

そんな瑠美のビキニ姿が、これから見れるのだっ。

「じゃあ、着がえてくるから、待ってて」

と言うと、瑠美は一階の奥へと消えた。

第三章　誘う巨乳

1

「ああ、風が気持ちいいね」

小型ボートで、矢来島に向かっていた。このボートで、ペンションの客を案内しているらしい。

矢来島は港から小型ボートで十五分くらいの距離にある小さな無人島だ。シーズンでは、かなりの男女が訪れるが、シーズンも終わると、静かな無人島に戻る。

地元では、やり島と呼ばれていて、若いカップルが無人島に渡って、やりまくっているという噂を、中学のときによく耳にしていた。

瑠美も大人の男と矢来島に向かうところをクラスの男子に見られてから、もう処女じゃない、おっぱいがでかいのはその男に揉まれまくっているからだ、と男子たちの間で噂になっていた。

瑠美はタンクトップにショートパンツ姿だった。タンクトップからちらちらと黒のブラが見えている。

黒のビキニだ。大人の女のビキニだ。さぞや、似合っているだろう。

「私、中学生の頃、誰ともしていないよ」

いきなり瑠美がそう言った。

「えっ……」

小型ボートを運転している瑠美を見る。

「噂になっているの、知っていたんだから。私が男とやり島に行って、やりまくっていて、もう処女じゃないって噂」

「違うのっ？」

「えっ、いやだ。佐野くんも信じていたの？」

「い、いや、そんなことないけど……」

「信じてたのね」

「ご、ごめん……」

と、裕太は謝る。

「私、処女だったんだから」

「そうなのっ」

「もう。どんな想像していたの。ひどいなあ」

ハンドルを握る瑠美は笑っているが、それはもう大人の女だからだ。中学のとき、そんなことを思っていることを知られたら、軽蔑されていただろう。

まあ、どちらにしても中学時代は、瑠美と裕太はまったく接点がなかったけれど。今こうして、いっしょにやり島に向かっていることが信じられないくらいだ。

矢来島が見えてきた。白浜のビーチが見える。数組のカップルがいた。

「あれが、やり島なんだね」

「佐野くん、はじめてなんだね」

「うん……まったく縁がなかったからね」

ボート置き場には、二艇のボートが係留されていた。その隣に、瑠美がボートをつける。

「さあ、行きましょう」

と、瑠美がビニールの大きなバックを手に、ボートから降りた。背中に流れた栗色のロングヘアがふわりと舞う。

ショートパンツはかなり裾を切りつめたデザインで、太腿のつけ根近くまで剝き出しとなっている。これから、ビキニ姿を見られるとわかっていても、ついガン見してしまう。

「なにしているの。行くよ」

振り向き、瑠美が手招きする。すると今度は、高く張った胸もとに目が向いてしまう。まさに中坊の視線だ。

やり島に上陸した。ここはやるためだけの島なのだ。

やるため……でも真っ昼間だし、先客もふた組いる。いくらやり島でも無理だろう。まあでも、瑠美のビキニ姿を拝めるだけでも充分だ。

ボート置き場からちょっと歩くと、白い砂浜が見えてくる。ふた組のカップルはいずれも水着姿だった。女性のほうはふたりともビキニだ。

「そこに座りましょう」

と、ふた組のちょうど間に、瑠美がシートを敷いた。

裕太が座ると、瑠美は立ったまま、タンクトップの裾をつかみ、たくしあげはじめた。平らなお腹(なか)があらわれる。縦長のへそがセクシーだ。

それだけでも、ドキリとする。昨晩、月明かりの下で、美沙子先生のパンティ一枚だけの姿を見ていたが、太陽の下で見る瑠美のボディはまたそそった。

さらにタンクトップを引きあげると、黒のブラがあらわれた。

胸もとでX字に交叉させせて、両腕をあげていく。

「ああ……」

思わず、裕太はうなっていた。

Fカップは軽くあるのではないかというような、豊満なバストが腋の下とともにあらわれた。

ブラカップは小さく、激しく動くと、バストがこぼれ出そうだった。

瑠美が首から頭へとタンクトップをあげていく。

裕太の視線が、巨乳から腋の下へと向かう。

ああ、これが、長月瑠美の腋の下かっ。

昨晩、美沙子先生の腋の下を目にして興奮したが、瑠美の腋の下を目にして、息を荒くさせてしまう。

瑠美の腋の下は汗ばんでいた。すっきりと手入れの行きとどいたくぼみだ。

タンクトップを脱ぐと、瑠美がそれを投げてよこした。不意をつかれた裕太はキャッチできず、顔で受けてしまう。

「もう、わざとね」

脱いだばかりのタンクトップからは、瑠美の甘い体臭が薫ってきた。

裕太はしばらくそのままにして、瑠美の匂いを嗅ぎつづけた。

「いつまで、かぶってるの」

と、そばに来た瑠美が、裕太の顔からタンクトップを取る。すると裕太の目の前に、ブラカップからこぼれそうな巨乳が迫っていた。

「ああ、すごいっ」

思わず、中坊のような声を出してしまう。

「もう、そんなに珍しいのかしら」

「珍しいよ」

「昨日、工藤先生とのエッチを見ていなかったら、佐野くん、童貞だと思うよ」

美沙子先生相手で童貞を卒業したことを言ったほうがいいのか、言わないほうがいいのか。

瑠美が裕太の鼻先で、ショートパンツのボタンをはずし、フロントジッパーを下げはじめる。

「あ、ああ……すごい」

ジッパーの奥からビキニのボトムがあらわれる。

瑠美がそのままショーパンを下げていく。すると、黒のボトムの全貌があらわになる。それはかなり小さかった。サイドは紐で、エロい。

なにより、瑠美の抜けるように白い肌に、黒のビキニはセクシーに映えていた。

「どうかしら」

と、ショーパンを足首から抜くと、瑠美がくるりとまわってみせる。

「あっ、Tバックだっ」

思わず叫ぶ。

瑠美のヒップはぷりっと張っていた。尻たぼはまる出しだ。

左右のカップルたちも、こちらを見ていた。特に男たちは、瑠美の素晴らしいビキニ姿に釘づけ状態だ。

「オイル、塗らないと」

と、裕太の隣に座った瑠美が、ビニールの袋からサンオイルを取り出す。

白い粘液を手のひらに出し、首すじから鎖骨あたりに塗りこみはじめる。

そして二の腕にもていねいに塗りこんでき、たわわに実ったバストにもサンオイルを垂らしていく。

白い粘液を乳房に垂らすと、なんかエロい。

「変なこと、想像していない？」

と、瑠美が裕太に目を向け、聞いてくる。ガン見していた裕太は、あわてて視線をそらし、なにも想像していないよ、と答える。

「背中、塗ってくれるかな」

と、瑠美が言った。

「い、いいの……」

「もちろん」

サンオイルのボトルを受け取る。

これって、夢にまで見たシチュエーションじゃないかっ。カップルでビーチに行き、塗りづらい背中を、彼氏が塗ってあげる。

ああ、俺にこんなことをやれる日が来るとは……。

「どうしたの。はやく塗ってよ」

背中を見せている瑠美が急かす。ごめん、と裕太は瑠美の背中にサンオイルを垂らしていく。背中に白い粘液が流れていく。ちょっと出しすぎた、とあわてて手のひらを瑠美の背中に当てていく。

しっとりすべすべとした手触りに興奮する。サンオイルのしっとり感ではなく、瑠美の肌そのものがしっとりしているのだ。

ああ、なんて触り心地なんだろう。背中でも、こんなに心地いいのだ。太腿や、乳房はどんな感じなんだろう。

ウエストまで塗りこんでいく。尻たぼが迫る。なんせTバックなのだ。尻はまる出し同然なのだ。

瑠美がシートの上でうつ伏せになった。ぷりっと張ったヒップがよけい目立つ。

2

「お尻も、おねがい……」

さすがの瑠美も恥ずかしいのか、声がかすれている。

いいのか、とは聞き直さない。はい、喜んでっ、という感じだった。

裕太はサンオイルを瑠美の尻たぼに垂らしていく。白い粘液が、ぷりっと張ったヒップに垂れる。

裕太は手のひらを寄せていく。サンオイルを塗るためだったが、なんか痴漢をはじめるような気分だ。

手のひらを尻たぼに置いた。そっと撫でて、いや、そっと塗りこんでいく。

ああ、長月瑠美の尻を撫でているなんて……ビキニ姿を見て、サンオイルを塗っている……昨晩は、美沙子先生で童貞を卒業した。

これまではどちらかと言えば、ついていない人生だったが、港町に戻ってきて、一気に運が向いてきた。

まあ、女運だけだが。それだけでも充分か。

「ああ、なんか、塗り方がエッチよ、佐野くん」

と、瑠美が言う。

「あっ、ごめん……」

「だめって言っているわけじゃないのよ……」

「そ、そうなの……」

「うん……」

痴漢するような塗り方でもいいと、瑠美は言っているのだ。瑠美は今、彼氏がいないと言っていた。このところ、エッチしていないのかもしれない。

裕太はこのところではなく、二十七年間エッチしていなかったが……。

ヒップに塗りこんでいると、太腿に目が向く。太腿の裏側はおいしそう、いや、撫でがいがありそうだ。

いつもの裕太なら、絶対、断ってから太腿にサンオイルをつけるのだが、なにも言わずに、サンオイルを垂らしていた。

「あっ……」

瑠美が声をあげたが、なにも言わない。

裕太は瑠美の太腿の裏側に手を向ける。サンオイルで白くなった肌を撫でていく。背中より、しっとり度があがった。撫でている、いや、塗りこんでいるだけでも気持ちいい。当然のこと、裕太のペニスはびんびんだった。

短パンだからよかったが、水着だったら、もっこりが目立っていただろう。

太腿の裏側から、膝(ひざ)の裏のひかがみも撫でていく。ここまで来ると、ふくらはぎも撫でてみたい。見るからに、やわらかそうだ。

今度も断ることなく、サンオイルをふくらはぎに垂らす。すると、ぴくっと瑠美が下半身を動かした。

まさか、感じているのか。

ふくらはぎに垂れた白い粘液を、裕太は塗(まぶ)すようにしてひろげていく。

やはり、ふくらはぎはやわらかかった。足首まで塗すと、

「ありがとう……」

と、瑠美が言った。そして、仰向けになった。

ずっと押しつぶされていた巨乳が、ぷりんっとあらわれる。仰向けになっても、見事な曲線を描いていた。

瑠美が裕太を見あげる。その目が、いつもと違っていた。わずかだが、潤んでいたのだ。そして、いつも明るい瑠美が、黙ったままでいる。黙ったまま、裕太を見あげている。

えっ、これ、なにっ。サンオイル塗りという痴漢行為で、瑠美は感じてしまったのか。

まだ、バストもお腹も、太腿の表側も、サンオイルは塗っていない。こちらは瑠美が自分で塗ると思ったのだが、動かない。

黒のビキニに飾られたダイナマイトボディを見せつけたまま、じっとしている。これは、正面もおねがい、ということなのでは。聞こうと思ったが、野暮だと思い、無言のまま、サンオイルをお腹に垂らした。

縦長のへそに、白い粘液がたまっていく。

見ているだけで、ぞくぞくする。そこに指を入れて、お腹にひろげていく。贅(ぜい)

肉の欠片もない、ぴたっとしたお腹だ。ウエストのくびれも素晴らしく、さすが瑠美だ。

サンオイルをひろげる手が、バストへと向かう。黒のトップから半分近く、白いふくらみがはみ出ている。

触りたいっ。あのおっぱいを触りたい。いや、揉みたい。長月瑠美の巨乳を思いっきり揉みしだければ、もうなにもいらないぞっ。

裕太は瑠美を見る。瑠美は目を閉じている。すべてを裕太に委ねている雰囲気だ。あなたの好きにして、という雰囲気なのだ。

好きにさせてもらうぞ、瑠美。

視線を感じて右手を見た。カップルがこちらを見ている。左手のカップルも見ていた。

裕太はカップルたちに見られるなか、ブラトップからはみ出ているふくらみに、サンオイルを垂らしていく。

興奮していて、大量に垂らしてしまい、どろりと白い粘液が流れていく。まずいっ、と剝き出しの乳房に手のひらを乗せていく。

そのままの勢いで、巨乳をつかんだ。すると、

「あっ……」

と、瑠美が甘い声をあげた。まずい、と思ったが、巨乳から手を放せなくなっていた。まずい、と思いながら、そのまま揉んでいく。

すると、五本の指がはみ出しているふくらみに食いこんでいく。が、すぐにぷりっと弾き返してくる。瑠美の巨乳はぱんぱんに張っていた。

瑠美はなにも言ってこない。瞳は閉じたままだ。

裕太はサンオイルを塗りこむことなく、ブラカップ越しに豊満なふくらみを揉みつづける。

「あ、ああ……あんっ……」

瑠美はあきらかに感じている。左右のカップルたちの視線もびんびん感じているのかもしれない。太陽の下で、ブラカップ越しとはいえ、バストを揉まれ、かなり昂っているように見えた。

裕太はもう片方のふくらみもつかんだ。ブラカップ越しに、強めに揉んでいく。

「あっ、あんっ……」

瑠美が瞳を開いた。ドキンとする。美しい瞳はさっきよりさらに絖光(ぬめ)っていた。

なんか、彼氏を見るような目で、裕太を見あげているのだ。

裕太は瑠美に見つめられるまま、ブラカップ越しにバストを揉みつづける。すると、小さめのカップがずれて、右の乳首があらわれた。

あっ、と思ったが、瑠美は気づいていないようだ。裕太は揉む手を止めずに、動かしつづける。

瑠美の乳首は淡いピンク色だった。かなりとがっている。これがずっとブラカップにこすれていたのだろう。

こすれないことに気づいたのか、瑠美が、あっ、と声をあげた。が、乳首が出ていることに気づいても、なにも言わない。

裕太はサンオイルのボトルを手にすると、とがったままの乳首に垂らしていった。白い粘液が、じかに乳首にかかる。するとそれだけで、瑠美が、

「はあっ……」

と、火の息を吐く。乳首にザーメンがかかっているみたいでたまらない。

裕太は思わず、白い粘液まみれの乳首を摘まんでいった。

「あっ、あんっ」

と、瑠美が大きな声をあげた。うそ、と右手から女の声がする。ヘンタイだよ、と女が軽蔑したように言う。

瑠美にも聞こえているはずだが、なにも言わない。やめろと言わない。裕太はそのままサンオイルごと、乳首をこりこりところがしていく。

「あ、あんっ、やんっ」

瑠美はかなり敏感な反応を見せる。

裕太は再び、乳房をつかんでいく。ブラカップがかなり脇にずれて、右のふくらみはほぼまる出しとなっている。それをぐぐっと揉んでいく。

「ああ……ああ、佐野くん……」

と見つめつつ、名前を呼ぶ。

「はあっ、ああ……」

瑠美が火の息を吐きつづける。見あげる目はもう、とろんとなっている。唇はずっと半開きのままだ。

「ああ、もういいわ……」

と、瑠美が言った。裕太はそのまま揉みつづける。

「だめ……いっちゃいそうになるから」

と言い、裕太の手首をつかんできた。

「えっ……」

乳首だけで、いきそうなのか。

「オイル、ありがとう」

と言いつつ、上体を起こすと、瑠美は自分の手でずれたブラカップを戻した。

「海に入ろうっ」

と言うと、瑠美が立ちあがった。裕太の目の前に、Tバックのヒップが迫る。

ぷりぷりのヒップラインに目を見張る。

瑠美が駆け出した。

剝き出しの尻たぼを揺らしつつ、走っていく。正面から見たかった。きっと、巨乳が弾みまくっているだろう。

みなの視線を一身に浴びて、瑠美が海に入っていった。ヒップまで海に浸かると、こちらを向いた。

ああ、おっぱいっ。巨乳すぎて、ブラカップで覆っている部分が少なすぎる。裸ではないが、裸で海に入っているように錯覚しそうになる。

「海、気持ちいいよっ」

と、瑠美が両手をあげて、振ってくる。

ああっ、腋の下っ、ああ、おっぱいが揺れているっ……。

見所満載で、裕太の視線が揺れる。

「佐野くんも入っておいでよっ」

と、瑠美が両腕をあげたまま、おいでおいでと振ってくる。するとさらに巨乳が揺れる。巨乳もおいでと誘っていた。

左右のカップルたちも海に入っていく。女性はビキニ、男性はロングの海パンだ。裕太だけシートに座っている。が、無理だ。そもそも海パンを穿いていない。短パンの下はブリーフだ。

瑠美がしゃがんだ。肩まで海に浸かる。そして、ジャンプしてみせる。大量の水滴を弾きながら、豊満なバストがぷるんっと弾んだ。

「おうっ」

グラビアアイドルのＤＶＤのような動きに、裕太はうなる。

「おいで、おいでっ」

と、瑠美が手を振る。

3

裕太は立ちあがった。Tシャツを脱ぐと、短パンだけで走り出す。海に入った。気持ちいいっ。短パンがずぶ濡れになったが、構わなかった。

そばに寄っていくと、弾む巨乳が迫ってくる。しかし、長月瑠美はなんて身体をしているのだろうか。

瑠美がばしゃばしゃと海の水をかけてきた。顔が濡れる。裕太も反撃に出る。顔ではなく、巨乳を狙ってかけていく。

大量の水滴が、深い谷間に流れていく。ああ、あそこに顔を埋めたい。ち×ぽを挟まれたい。

「もう、相変わらず、私のおっぱいばかり見てるわね」

「相変わらず……」

「中学のとき、佐野くんの視線を制服の胸にいちばん感じていたのよ」

「そうなのっ」

「うん……」

と言って、瑠美が頬を赤くさせる。

えっ、なに、この恥じらう姿は……見せつけるように大胆なビキニになりながら、中学の頃を思い出して、恥じらっている。

「あの頃は、男子はみんな見てたよね」

「そうだけど……佐野くんの視線にいちばん……」

「いちばん……なにっ」

瑠美が寄ってきた。美貌を寄せてくる。

えっ、と思ったときには、チューされていた。

まさかっ、海の中で、ビキニの瑠美とキスっ。

瑠美は両腕を裕太の首にまわしてきて、強く唇を押しつけてくる。裕太が口を開くと、ぬらりと入れてきた。

うそだろうっ、と思い、ちらりと右手を見ると、カップルが抱き合ってキスしていた。左手のカップルも唇を貪り合っていた。どうやら、まわりに影響されたようだ。でも、影響されたくらいで、キスしてくるだろうか。

「うんっ、うっんっ」

瑠美は情熱的なキスをしてきた。ねっとりと舌をからませてくる。

裕太はびんびんにさせていた。ただでさえダイナマイトボディを見せつけられて、勃起させていたのだ。そこに、ディープキスが加わり、はやくも大量の我慢汁を出していた。

ようやく、瑠美が唇を引いた。

「長月さん……」

「瑠美って呼んで、裕太くん」

と、瑠美が言う。

「る、る……」

女性を名前で呼ぶのは恥ずかしい。なんせ、これまでの人生で、呼んだことがないからだ。もちろん、幼稚園の頃は呼んでいただろうが、大人の女性はない。

「どうしたの。童貞くんみたいよ」

「る、る……み……さん」

ようやく言えた。

「なに、裕太くん」

「あ、あの、今のキスって……その……」

野暮だが、きちんと理由を確かめておかないと誤解してしまう。

キスしたからって、モテたとは思えないところが童貞歴二十七年だ。

「いつもエッチな目で私のおっぱいを見てくれていたお礼よ」

さらに顔を真っ赤にさせて、瑠美がそう言った。

「えっ、おっぱいを見た、お礼って……」

「もう、知らないっ」

と、瑠美が裕太を強く押した。不意をつかれた裕太は、ざぶんと背中から海に倒れていく。全身ずぶ濡れとなる。

瑠美が腕を伸ばしてきた。裕太は瑠美の手をつかんだ。瑠美が引きあげる。

裕太は起きあがったが、勢いがついて、ビキニ姿の瑠美に抱きついていく。

まずい、と思ったが、大丈夫のようだ。左右を見ると、相変わらずカップルたちは抱き合って、キスしていた。

それに刺激を受けたのか、瑠美がまたキスしてきた。巨乳をぐっと裕太の胸板に押しつけてくる。

裕太は軽い目眩（めまい）を覚えつつ、瑠美とまた舌をからませ合う。

瑠美の唾液は甘かった。舌がとろけるようだ。

「洞窟があるの。行きましょう」

と言うと、瑠美が走り出した。

「瑠美さんっ」

名前を呼び、裕太は瑠美を追う。

しかし、Tバックというのは、いやらしい。海とはいえ、尻まる出しなのだ。ぷりぷりうねるヒップを追いつつ、こんな露出はいかんだろう、と思ってしまう。

砂浜にあがった瑠美は前屈みになって、シートをつかもうとする。ちょうどこちらにヒップを向けている状態で、もう、うしろから入れてください、と誘っているようにしか見えなかった。

カップルのふたりの男も、瑠美の尻出しポーズに見惚れている。

シートをビニール袋に入れた瑠美が、こちらを見て、手招きした。すると今度は、揺れるバストに目が向く。

とにかく瑠美のビキニ姿は、常に見所満載で、裕太に刺激を送りつづけていた。だから、ずっと勃起させたままだった。

「短パン、びちょびちょだけど、いいよね」

「すぐ乾くから」

「裏手に洞窟があるの」

と言って、瑠美が歩きはじめる。裕太は数歩遅れて、瑠美に従う。つい、ぷりぷりうねる尻たぼに見惚れて、そんな動きとなっていた。

「もう、中学のときはおっぱいばかり見て、大人になったらお尻ばかり見ているね」

振り返り、瑠美がそう言う。

「ごめん。あの、さっきの話だけど、あの、僕の視線にいちばん……あの……」

「さあね。もう忘れたわ……」

と言って、瑠美が歩きはじめる。裕太は瑠美と並んだ。すると今度は、ブラカップからはみ出ているふくらみに目がいく。

もう瑠美はなにも言わない。むしろ裕太に見られて、感じているようにさえ見えた。

矢来島も反対側にまわると、一気に雰囲気が変わった。砂浜はなく、岩肌となっている。そんななか、細い道があった。そこを歩いていく。ここはひとりずつしか歩けなくて、自然と裕太が瑠美の背後を歩くことになる。

長い足を運ぶたびに、瑠美の尻たぼがぷりぷりとうねる。それをじっと見ているうちに、無意識に手が出てしまった。

あっ、と思ったときには、瑠美のヒップを触っていた。

瑠美はなにも言わなかった。そのままに委ねている。裕太はそのまま、ぷりぷりと動く尻たぼを撫でつづけた。

もう、ペニスは爆発寸前だった。瑠美の尻を撫でているだけで、出してしまいそうだ。それこそ中坊だ。

「ここよ」

洞窟があった。中に入ると、ひんやりとした空気に包まれる。そんなに奥には入らず、入ってすぐの場所に、瑠美がシートを敷いた。

そして、そこに足を斜めに流す形に座った。

「なにしているの。座ってよ」

立ったままの裕太に、瑠美がそう言う。

「あっ、そうだ。短パン、乾かしたほうがいいかもね。脱いだら」

と、瑠美が手を伸ばしてきた。ちょうど瑠美の目の高さに、裕太の股間があった。瑠美の手で、濡れたままの短パンを下げられた。

ブリーフがあらわれる。もちろん、ぱんぱんになっていた。大量の我慢汁が出ていたが、海水に濡れているため、それはわからなかった。

瑠美が脱がせた短パンを絞って、ひろげて、シートの端に置いた。

裕太は立ったままでいた。

瑠美があらためてこちらを見る。目の前に、もっこりとしたブリーフがある。

「ずっと、勃ってるね」

「そうだね……」

「中学の頃も、私の胸を見て、こんなにさせていたの」

と聞きつつ、瑠美がもっこりの先端を撫ではじめた。

「あっ……」

「どうなのかな、裕太くん」

「ああ、させてたよ……あの頃は、長月さん、いや、瑠美さんのおっぱいを見ただけで、すぐに勃起させていたよ」

「それだけかな」

「それだけって……」

「私をおかずにしていたんじゃないのかな」

そう言うと、瑠美がブリーフを下げた。

弾けるように、びんびんのペニスがあらわれた。

4

「あっ、すごいっ」

と、瑠美が驚きの声をあげた。

裕太のペニスは見事な反り返りを見せていた。美沙子先生にもすごいと言われて、密(ひそ)かな自信となっていた。だから瑠美の隣に座らずに、もっこりとしたブリーフを突きつけたままでいたのだ。

瑠美からもすごいと言われ、裕太はさらに自信を持つ。それはペニスにも伝わり、瑠美の前で、さらにぐぐっとひとまわり太くなった。

「ああ、たくましいのね、裕太くん」

そう言うと、瑠美がペニスをつかんできた。

「ああ、硬い……すごく硬い……」

先端に、あらたな我慢汁が出てくる。

「私をおかずにして、こんなことしていたんじゃないのかしら」

と言いながら、瑠美がペニスをしごきはじめた。

「あっ、ああっ、瑠美さんっ……」

気持ちよくて、腰をくなくなさせてしまう。自分でしごくのとは、まったく気持ちよさが違う。

「どうなの」

と聞きつつ、瑠美が右手でしごきつつ、左手の手のひらで我慢汁だらけの鎌首を包んだ。そして、撫ではじめる。

「あっ、それっ」

「私をおかずに、こうやって、毎晩おち×ぽ、いじっていたんでしょう」

瑠美は小悪魔の表情で、裕太を見あげている。

「ああ、いじっていましたっ、ああ、瑠美さんを毎晩おかずにしていましたっ」

と、なぜか敬語で告白してしまう。

「私を裸にしていたんでしょう」

「してましたっ」

「見たこともないのに」

鎌首なでなでがたまらない。気持ちよすぎて、じっとしていられず、裕太は女の子のように腰をくねらせつづけている。

「想像してましたっ。ごめんなさいっ」

「リアルで見たいかな」

小悪魔の顔のまま、瑠美がそう聞く。

「り、リアルって……その、生、乳ですよね」

生乳、という言い方がおかしかったのか、瑠美がうふふと笑う。

「そうよ。生乳よ。長月瑠美の生乳、見たい？」

と聞いてくる。

「見たいですっ。見たいですっ、瑠美さんっ」

敬語のままだ。

「いいわ」

瑠美がペニスから手を放す。それは残念だったが、ブラをはずすためだから、仕方がない。

瑠美が立ちあがった。そして、両手を背中にまわしていく。

すでに半分近くふくらみが出ていて、さっきは乳首も見ていたが、やはりブラをはずすのは、まったく違う。

裕太は生唾を飲みこみ、瑠美を見つめる。

「ああ、その目よ。ああ、中学のとき、いつも私をそんな目で見ていたわ……」

「ごめんなさい」

「ううん。なぜか、裕太くんの目だけ……身体が熱くなったの……今も、そうなの……裕太くんに見られているうちに……全部見せてあげたい……いえ、全部、見られたいって気分になったの」

「そ、そうなん、ですね……」

背後の結び目が解かれたようだ。ブラカップが中の巨乳に押されるように、まくれた。

ふたつの乳首があらわになる。どちらも、すでにつんととがっている。

「ああ、恥ずかしい……」

ブラを取ると、瑠美はすぐに両腕で乳房を抱いた。自分から脱ぎつつ、脱いだら脱いだで、全身で恥じらっている。

乳首は隠れたが、二の腕から、たわわなふくらみがはみ出しまくっている。

「手をあげて、瑠美さん」

と、裕太は言った。敬語ではなくなっている。

「ああ、恥ずかしいよ」

「いつも、瑠美さんに万歳のポーズを取らせて、おかずにしていたんだ」

「万歳の、ポーズ……腋が好きなのね」

「好きだよ。おかずのときのポーズを取ってみせて、瑠美さん」

「ああ、恥ずかしいよ……」

「リアルおかずになってよ」

「ああ……私を見て、しごくのね」

鎌首はあらたな我慢汁で白くなっている。

「どうやって、しごいていたのか、見せてくれるのね」

「見せるよ」

わかった、と瑠美が巨乳から両腕を解き、ゆっくりとあげていく。すると乳房の底が持ちあがり、そして腋の下があらわれる。

そこは汗ばんでいた。

「もっと、手をあげてっ」

「はい……」

瑠美は真っ赤になりながらも、裕太の希望に従っている。

万歳のポーズが完成した。

「ああ、すごいよ、瑠美さん」

「しごいて……中学のときみたいに……私をおかずにしてみせて」

裕太はペニスをつかんだ。鋼のようだ。ボトムだけの瑠美のセミヌードを見ながら、しごきはじめる。

中学の頃が一気に蘇る。あの頃はベッドに横になって、ち×ぽを出して目を閉じると、制服姿の瑠美が脳裏に浮かんだ。瑠美は恥じらいつつも、ネクタイを解き、制服のブラウスを脱ぎ、スカートを脱ぎ、ブラとパンティだけになるのだ。ブラもパンティも白だ。そして、瑠美は裕太を見ながらブラを取り、両腕をあげていくのだ。

「ああっ、瑠美っ、瑠美、瑠美っ」

名前を呼びつつ、しごいていると、あっという間に射精させた。

勢いよく噴き出したザーメンが、瑠美のバストにかかっていく。

「あっ……ああ……」

乳首にザーメンがかかった瞬間、瑠美はうっとりとした表情を浮かべた。次々と襲いかかるザーメンを避けることなく、瑠美は万歳のポーズを取ったまま、おかずになりつづけた。

出しきると、裕太は我に返った。

「ごめんっ……」

「もう、はやいのね……」

と、瑠美がなじるような目を向けるが、その目は妖しく潤んでいる。

右の乳首にねっとりとザーメンがかかり、巨乳のあちこちから、ザーメンが垂れていく。

「瑠美さんを思ってしごくと、いつもはやかったんだ」

「おかずは、私だけじゃないのね。ほかには誰なの。工藤先生ね。あとは、高梨美貴かしら」

と、中学一の美少女の名前を出す。

「瑠美さんがいちばんお世話になったよ」

「そうなのね」

瑠美は両腕を下げると、乳房にかかったザーメンはそのままに、裕太の足下にひざまずいてきた。そして、ザーメンまみれの鎌首に美貌を寄せてきた。

あっ、と思ったときには、先端をぺろりと舐められていた。

そのまま、ぺろぺろと精液を舐め取ってくれる。お掃除フェラか。いや、お掃除というより、さらなる刺激を与えているような舐め方だ。

先端から、裏スジへと舌を下げていく。

「ああ、瑠美さん……」

長月瑠美にしゃぶってもらえるとは……今でももちろん最高だったが、できれば、あの中学時代に、しごいて出してもまたすぐにしごきたくなる中学時代に、こうして長月瑠美にしゃぶってもらいたかった。

「あの頃は、フェラなんかしたことないからね」

と、裕太の心の中がわかるようなことを、瑠美が言う。

「そ、そうなの……」

「誰ともつき合ってないから……私がやりまくりなんて男子たちの妄想だから」

「そうだねよ……瑠美さんがやりまくりだなんて……失礼だよね」

「そう、失礼よ。裕太くんも、私が誰かとしているところを想像してしごいていたんでしょう」

こうやって、と言いながら、瑠美が萎えつつあるペニスをしごきはじめる。するとみるみると大きくなっていく。

「違うよ、瑠美さん」

「エッチするとこ、想像していなかったの？」

「してたよ。ただ、相手は誰かではなくて、僕だよ」

そう言うと、なるほど、という目で見あげてきた。

そして、また立ちあがると、

「リアルでしたいかな」

と聞いてきた。

「リ、リアルで……するって……その、あの……エッチをだよね」

「ほかに、なにするの？」

「い、いや……エッチしかないよねっ」

「あっ、すごいっ」

瑠美が驚きの声をあげ、ペニスをつかんできた。裕太のペニスは完全に勃起を取りもどしていた。さっき出したばかりなのがうそみたいだ。瑠美とやれる、と思った瞬間、全身の欲望の血が一気にペニスに集中していた。

「したいよっ、リアルでしたいよっ、瑠美さん」

「いいわ……リアルでしてあげる」

そう言うと、瑠美がビキニのボトムを下げていった。

5

瑠美の恥部があらわれた。夢にまで見た股間だ。

「ああ、瑠美さんの毛だ……ああ、薄いんだね」

「ヘアと言ってよ……」

オナペットだった瑠美の恥毛は薄めだった。恥丘にひと握り生えているだけで、すうっと通った割れ目は剝き出しだった。

「ああ、あの、そばで……あの、見て、いいかな」

「うん……いいよ」

瑠美がうなずく。ありがとうっ、と今度は、裕太が瑠美の足下にしゃがんだ。

瑠美の恥部が迫る。海に入ったあとだからか、潮の香りがした。

「あの……その……ひろげていいかな」

「見たいの？」

「見たいっ。すごく見たいよっ、長月瑠美のおま×こ、すごく見たいよっ」

裕太は完全に中学の頃に戻っていた。あの頃、どれだけ瑠美のあそこを見たかったか。それは奇跡でも起こらない限り、果たせぬ夢だった。

が、十三年経って今、奇跡が起ころうとしていた。

今、目の前に夢の扉があり、いつでも開ける状態になっているのだっ。

「いいよ……裕太くんだけね」

「えっ、そうなのっ」

「そうよ。中学のクラスの男子で、こうしてふたりだけで矢来島に来たのは、裕太くんがはじめてだよ」

「ああ、うれしいよっ。瑠美さんっ、うれしいよっ」

裕太は思わず、瑠美の剝き出しの恥部に顔面を押しつけていた。

「あんっ、なにするのっ……」

裕太は、うれしいよっ、と言いつつ、ぐりぐりと瑠美の恥部に顔面をこすりつけつづける。すると、クリトリスを押しつぶすかっこうとなり、瑠美が、

「あんっ、あっ、やんっ」

と、甘い声をあげはじめた。

その声に煽られ、裕太はさらに額でクリトリスを押しつぶしつづける。すると、潮の香りから、裕太の股間を直撃するようなおんなの匂いに変わりはじめたのだ。

この匂いは割れ目の奥からにじみはじめているはずだ。

裕太は顔を引くと、割れ目に指を添えた。開こうとすると、

「やっぱり、だめっ」

と、瑠美が腰を引く。

裕太は左腕を伸ばし、瑠美のヒップにまわした。そして、右手で割れ目をくつろげる。

「あっ、だめだめっ」

瑠美が叫ぶなか、おんなの花びらがあらわになった。

「ああ、長月瑠美の……おま×こ、ああ、瑠美のおま×こっ」

それは濃いめのピンク色をしていた。いくえにも連なった肉の襞が、裕太に見られて、ざわざわと蠢(うごめ)いている。

「おま×こ、生きているよ」

「ああ、当たり前でしょう……そこも、私なのよ」

「ここも、瑠美さん……」

確かにそうだが、興奮しすぎて、頭にすうっと入ってこない。

中学の頃、想像しようとしても想像できなかった瑠美の花びらが、誘うように

蠢いている。

じっと見ていると、吸いこまれそうだ。この穴に、頭から入れたくなる。気がついたときには、人さし指を瑠美の穴に入れていた。

「あっ、熱いっ、すごく熱いよ」

うわずった声をあげつつ、裕太はうれしくて、瑠美の蜜壷をかきまわす。

「ああっ、あんっ……ちょっと激しいよ、裕太くん」

「ごめん」

と言いつつ、裕太は中指も増やしていた。二本の指で、瑠美のおんなの部分をかきまわしていく。すると、ぴちゃぴちゃと淫らな蜜を弾く音がする。

「エッチな音だね」

「あんっ、恥ずかしいよう……だめよ、裕太くん」

「すごく濡らしてるね、瑠美さん」

「ああ、やり島に向かっているときから、ずっと濡らしていたの……そこ、ずっと疼かせていたの」

「そうなんだねっ」

「ああ、もうだめっ」

と、瑠美が崩れた。そのまま、シートに仰向けになる。乳房にかかったザーメンは乾いてしまっている。

「入れて。それ、瑠美の中に入れて」

反り返ったペニスを妖しく潤んだ瞳で見つめつつ、瑠美が両膝を立てていく。そして、自ら開いていった。

「ああ、瑠美さん」

さっきまで開いていた肉の扉は、ぴっちりと閉じていた。大胆に両足を開いても、閉じたままだ。

裕太は瑠美の両足の間に腰を入れていった。入口が迫ると、緊張と興奮が最高潮に達する。

緊張していても、ペニスが萎えることはなかった。興奮が緊張をはるかにうわまわっているからだ。

リアルでやれる。オナペットだった長月瑠美のリアルおま×こに、リアルち×ぽを入れることができるのだ。

裕太はあらたな我慢汁まみれとなっている先端を、瑠美の入口に当てる。

「入れるよ」

「ああ、来て……」

瑠美がリアルに誘ってくる。

昨晩、美沙子先生相手に初体験を済ませておいてよかったと思う。これがはじめてだったら、興奮よりも緊張が勝って、萎えていたかもしれない。

裕太は鎌首を割れ目にめりこませていく。一発で、ずぶりと入った。

「あっ……」

裕太と瑠美、同時に声をあげた。

入れるとすぐに、燃えるような粘膜が、裕太の鎌首にからみついてきた。

これだけでも暴発しそうだ。さっき出しておいてよかった。出してなかったら、挿入即発射だっただろう。

そのまま、ずぶずぶと入れていく。

「あっ、ああ……」

瑠美があごを反らす。

瑠美のおま×こはきつかった。でも、大量の愛液が潤滑油となって、スムーズに受け入れてくれる。奥まで一気に貫くことができた。

「あうっ、うんっ……」

瑠美が背中を反らせた。乾いたザーメンがこびりついた巨乳がゆったりと動く。

裕太はオナペットだった瑠美のおま×こに入れたことで、すでに満足していた。奥まで貫いたまま、じっとしている。

「ああ、突いてっ、たくさん突いて、裕太くんっ」

「あっ、ごめん。突くよっ、瑠美さんのおま×こ、たくさん突くよっ」

美沙子先生相手のときは、先生が主導だった。

今回は、俺が主導しなければならないのだっ。

裕太は抜き差しをはじめた。瑠美の肉の襞がぴたっとペニスに貼りついている。その肉襞ごと、前後に動かしていく。

「あっ、ああっ、もっとっ、もっと強くっ」

裕太の拙い突きに感じてくれてはいるが、さらなる刺激を欲しがる。

「ああ、強くしたら、また出そうだよ」

「いいのよ。心配しないで、裕太くん」

裕太を見つめ、瑠美がそう言う。その顔は、裕太には女神に見えた。

出していい、と言われると、意外と保った。裕太は激しく瑠美の媚肉を突いていく。

「いい、いいっ……おち×ぽ、いいよっ」

ひと突きごとに、瑠美が愉悦の声をあげ、たわわな乳房をたぷんたぷんと揺らす。そんな眺めがまた、刺激的だった。

オナニーと違うのは、オナペットが反応してくれることだ。いいっ、とよがってくれることだ。

「ああ、リアルだよねっ。ああ、長月瑠美が動いているよっ。よがっているよっ。ああ、僕のち×ぽ、締めているよっ」

「そうよっ……ああっ、オナペットじゃなくて……あ、ああんっ、リアルな瑠美よっ……ああっ、どうかしらっ」

「最高だよっ。おま×この締めつけ、最高だよっ、瑠美さんっ」

裕太は懸命に腰を振っていた。少しでも瑠美を気持ちよくさせようと、射精の予感に耐えて、ひたすら突きまくった。

「あ、ああっ、いきそう……ああ、いきそうだよっ」

「えっ、そうなのっ。瑠美さん、いくのっ」

「いっしょにっ……ああ、裕太くん、瑠美といっしょにっ……いってっ」

「いくよっ、いっしょにいくよっ」

オナニーのときは、いつも長月瑠美といっしょにいっていた。

今日はリアルでいっしょにいけるぞっ。

裕太は渾身の力をこめて、とどめの一撃を見舞った。

「あっ、い、いく……」

と、瑠美がいまわの声をあげた。

瑠美がリアルでいった顔を見た瞬間、裕太も放っていた。

さっき巨乳に出したのがうそのように、どくどくっ、どくどくっと凄まじい勢いでザーメンが噴き出した。

「ああっ、すごいっ、ああ、すごいよっ……また、いく……いくいくっ」

裕太のザーメンを子宮に浴びて、瑠美が続けていった。

「ああ、ああ、瑠美、瑠美っ」

瑠美の名前を叫びつつ、裕太は射精を続けた。

脈動が鎮まると、一気に力が抜けて、そのまま突っ伏していった。すると、瑠美の上気した美貌が迫った。

「よかったよ、裕太くん」

と、瑠美に言われ、裕太は感激で泣きそうになった。

「なに、目、うるうるさせているの。ばかね」

「だって……ああ、瑠美さんによかったよ、なんて言われて……ああ、うれしいよっ」

裕太は目頭が熱くなり、ぼろぼろと涙を流しはじめた。

「もう、変な裕太くん」

と言って、瑠美がキスしてきた。裕太は泣きながら、瑠美と舌をからめていた。

第四章　マドンナの喘ぎ声

1

翌日――ダイニングで遅めの朝食をとっていると、

「こんにちはっ」

と、三島陽菜が姿を見せた。半袖のTシャツにジーンズ姿だ。昨日と同じように、ポニーテールにしていた。それがよく似合っている。

「今日のぶん、お届けに来ました」

と言いながら、キッチンに野菜の入った箱を置く。

「佐野くん、しばらくここにいるの？」

と、陽菜が聞いてきた。

どう見ても、中学時代の陽菜とは違う。黒縁の眼鏡を取っただけで、こんなに変わるものなのか。まあ、あれから十三年ぶん、大人になっているわけだけど。

「うん。なんか居心地がよくて、今の時期は安いらしいから、もうしばらくお世話になろうと思って」

「そうなんだ」

「あの、三島さん」

なに、と陽菜が裕太を見つめてくる。とてもすんだ眼差しだ。

「三島さんの畑、見てみたいな」

と言った。陽菜が意外という顔をした。中学時代の裕太は、自分からなにかをしたい、と言い出すタイプではなかったからだ。

「いいよ。あと五軒配達して戻るけど、乗っていくかしら」

と、陽菜が聞いてきた。

「いいのっ」

「もちろん。瑠美、佐野くんを借りるね」

キッチンに立っている瑠美に、陽菜がそう言う。瑠美は、気が多いわね、という顔で裕太を見る。

いってらっしゃい、と瑠美に見送られ、裕太は陽菜といっしょにペンションを出た。駐車場には、軽のバンが停まっていた。横には、三島農園、と書かれている。

「このロゴをつけると、経費になるの」

と、陽菜が言って笑う。さわやかな笑顔だ。昨日、瑠美と濃厚な時間を過ごしただけに、よけい清涼な空気を感じた。

助手席に乗る。すると、さわやかな匂いが鼻孔をくすぐってくる。これは陽菜の匂いだ。

「窓、開けていいかな、クーラー苦手だから」

もちろん、と言うと、窓が下がっていく。

発車した。海岸線を走っていく。潮風とともに、隣から陽菜の匂いがかすかに薫ってくる。ちらちらと陽菜を見る。

あっ、意外と胸あるんだな。いや、かなりあるぞっ。

白のTシャツの胸もとが高く張っていたのだ。これまで三島陽菜の胸など意識したことがなかった。中学時代、長月瑠美や、美沙子先生がいたから、胸はそっちばかり気になっていた。

一軒、二軒、三軒と、ペンションや食堂に運んでいく。そして四件目は、クラスのマドンナだった高梨美貴の定食屋だった。

「ここ、美貴の、いや、高梨さんの店だよ。佐野くんも顔を出すかしら」

「おととい、ここで食べたんだ」

「ああ、そうなんだ」

いっしょに行きましょう、と言って、陽菜がバンを降りる。裕太も助手席から降りた。

陽菜が野菜の入った箱を手にする。僕が持つよ、と陽菜から箱を取る。あっ、と声をあげた。

「意外と重いでしょう」

と、陽菜が言う。

「そうだね。こんな重いもの、軽々と運んでいたんだね」

「軽々じゃないけどね。でも、筋肉ついちゃったわ」

と言って、陽菜がTシャツの袖をまくってみせた。

いきなり白い二の腕があらわれて、ドキンとする。それは、とてもしなやかなで、筋肉の欠片も感じなかった。

「農作業は長袖でやっているから、二の腕は白いのよ」

と、陽菜が言う。

「そうなんだね」

陽菜が定食屋の裏口に向かい、こんにちは、と声をかけつつ、扉を開く。裕太も野菜が入った箱を持って、こんにちは、と入っていく。

クラスのマドンナだった美人は、キッチンでしこみをやっていた。Tシャツにジーンズ。そして、エプロンをつけていた。

「あら、いつの間に、佐野くん、三島農園の人になっているの」

美貴が笑顔でそう言う。

「これから、三島さんの農園を見に行くんだ」

「そうなのね。こき使われるわよ」

「そうかもね」

美貴と陽菜が笑顔でそう言い、ふたりして裕太を見つめてくる。

なんだっ、これはっ。俺が美貴と陽菜を独占しているようなものじゃないかっ。

「佐野くん、また定食、食べに来てよ」

「今夜、来るね」

「そうして。初日来たあと、顔を見せないから、お味噌汁、まずかったのかな、と心配していたの」

「おいしかったよ」

「今夜は、刺身定食じゃなくて、私が作ったものを食べてほしいな」

マドンナがそんなことを言う。

「なにがいいかな。作って待ってるから」

「えっ、えーと」

と、裕太はお品書きを見る。

そうだ。アジフライ定食だっ。

「じゃあ、アジフライ定食を」

と言うと、

「わかった。待ってるね」

美貴が美しい瞳をじっと裕太に向けて、そう言った。

陽菜の前だったが、裕太は宙に浮いた気分になった。


「美貴、一年前に正樹さんをとつぜん事故で亡くして、ずっと元気がないの」

「元気そうに見えたけど……」

「佐野くんの前だからね……ただ、美貴は美人でしょう。それにお店をやっているから、つき合ってください、という男性がひっきりなしなの……でも、まだ、そんな気分じゃないみたいなの」

「そうなんだ」

配達をすべて終えて、バンは三島農園に向かっていた。

相変わらず、隣からはさわやかな匂いが薫ってきている。美貴の前では舞いあがっていたが、こうして陽菜とふたりきりになると、陽菜にドキドキしてしまう。

我ながら気が多すぎだ。

「ご飯に呼んだのは、きっと佐野くんといろいろ話したいからじゃないかな」

「そうなのかな」

「佐野くん、東京の人でしょう。一時的にいるだけだから、逆に甘えたいんじゃないかな」

俺は東京の人と思われているんだ。まあ、確かにそうだ。高校入学と同時に東京に行き、一度も戻ってこなかったのだから。

思えば、美沙子先生が裕太とエッチしたのも、裕太が地元の人間ではないからだろう。あと腐れがないから。

「今夜、行ってあげて。私が送るから」

「そ、そうだね……」

裕太は、はやくも緊張してきた。ただアジフライ定食を食べて、それで終わりという雰囲気ではないみたいだからだ。

もしかして、マドンナともエッチ……。

「どうしたの」

「いや……」

うふふ、と陽菜が笑う。

「えっ、なにか、おかしいかな」

「なんか、今の佐野くんの変に緊張した顔を見て中学時代を思い出したから……私も男子とはほとんどしゃべれなかったけど、佐野くんも女子とはしゃべれなかったよね」

「そうだね……」

「しゃべろうとすると、今みたいな、すごく緊張した顔になるの」

「そうだったっけ……」

裕太は陽菜が中学時代の裕太のことをよく観察して、よく覚えていてくれていることに驚いた。

「佐野くんとは似たものどうしかなって、思ってて……」

　ずっと前を見ていた陽菜が、ちらりとこちらを見て、すぐに正面を見た。その横顔は日に焼けていたが、ちょっと赤くなっているように感じた。

2

「雑草をこまめに取るのが仕事なの」

　農作業着に着がえた陽菜がそう言った。

　三島農園は海岸線から離れた高い土地にあった。思っていた以上に広大だった。

「ここ、ひとりでやっているの？」

　誰かパートナーがいるのでは、と思った。

「ひとりよ。ひとりがいいの……」

　と、陽菜が言う。長袖のシャツにだぼっとした長ズボン、それに麦わら帽子をかぶっていた。完全防御だ。裕太はTシャツにジーンズのままだ。

「じゃあ、はじめるわ。佐野くんはいつでも休んでいいから」

　と言うと、陽菜は草取りをはじめた。

夏の終わりの陽射しが照りつける中での、雑草取りはかなりきつかった。なにより、汗が止まらない。中腰の状態のまま動くため、すぐに腰が痛くなる。

「同じ姿勢はだめよ。なるべく姿勢を変えてね」

少し離れた場所から、陽菜が言ってくる。

軽い気持ちで手伝うと言ったが、すぐにギブアップしそうになった。が、根性で午前中はがんばれた。

「ご飯にしましょう」

と、陽菜が言い、母屋に移動する。平屋だった。流れる汗を拭きつつ、縁側に座っていると、陽菜がおにぎりと沢庵を載せたお盆を持ってやってきた。

陽菜の姿を見て、はっとなった。

タンクトップにショーパン姿だったからだ。

顔は小麦色に焼けていたが、二の腕と太腿は抜けるように白かった。なにより、陽菜の生肌にドキリとした。

「どうしたの。タンクトップ珍しい？　そうでもないよね。瑠美はタンクトップでしょう」

思わずじっと見てしまい、陽菜がその視線に戸惑ったような顔をする。

「ごめん……いや、さっきまでおばさんみたいなかっこうだったから」

農作業着姿とのギャップがすごく、よけい驚いていたし、中学時代の陽菜を思うと、すごく大胆に露出させているように感じたのだ。

「おにぎり、よけいに握っておいてよかったわ。ああ、そうだ。麦茶、持ってくるね」

と言って、陽菜が奥に消えていく。

裕太は上体をひねって、陽菜のうしろ姿を追う。ショーパンから伸びた生足に見惚れる。

おとなしかった三島陽菜の生足だけに、よけい見てしまう。彼女も大人の女なんだな、とあらためて思う。彼氏はいない、と瑠美が言っていたが、つき合ってきた男はいるだろう。さすがに処女ではないか。

陽菜が麦茶の入ったボトルとグラスふたつを手に戻ってくる。

タンクトップの胸もとが揺れている。

けっこう、胸あるよな。

陽菜が隣に座った。汗の匂いが濃く薫ってきた。バンに乗っているとき、かすかに薫ってきていたさわやかな匂いを濃くしたような感じだ。

それを嗅いで、裕太はくさくないか、と急に心配になった。

「くさくないよ」

と、陽菜が言った。

「えっ……」

「今、私の汗の匂いを嗅いで、自分はどうかなって思ったでしょう」

「う、うん……」

「ごめんね。まあ、くさいのはお互い様だから」

と、はにかむように笑う。いっしょに農作業をやった者どうしの連帯感を覚えた。汗まみれで雑草を取りつづけてよかった、と思った。

陽菜に淹れてもらった麦茶を飲む。冷たい麦茶が喉を通る。

「ああっ、旨(うま)いっ」

汗まみれになって肉体労働したあとの麦茶は旨かった。

「おいしい……このために、草むしりをやっているようなものかな」

と言い、タオルで二の腕の汗を拭う。

「ムキムキにはなってないよ」

と言うと、よかった、と陽菜が笑顔を見せる。

かわいい。笑顔を見せるだけで、さわやかな風が吹き抜けるようだ。

「大学を出たあと、市内でＯＬをやっていたんだけど、なんか性に合わなくて、人間関係もうまくいかなくて、やめちゃったの……」

「そうなんだ」

「やめる前から農業には興味があって、この農園が忙しいときには手伝っていたの。ここの持ち主はかなりの高齢で、跡継ぎもいなくて、私に譲りたいって言われたの。ＯＬ、行きづまっていたから、思いきって転職したの」

「そうなんだね」

「転職してよかったよ……私、こうしてひとりでやるのが性に合っているみたいなの」

　腋から汗の雫が流れていく。それに気づいた陽菜が右腕をあげて、左手に持ったタオルで腋の下の汗を拭った。

　ほんの数秒のことだったが、裕太は金縛りにあったようになった。陽菜の汗ばんだ腋の下を見て、一気に勃起させてしまった。

「おにぎり、食べて」

　と、裕太に勧めて、陽菜がおにぎりを手に取る。口に運び、食べはじめる。

陽菜がおにぎりを食べる姿に、見惚れてしまう。

「どうしたの。おにぎりを食べる女って、珍しい？」

「あっ、いや……」

裕太もおにぎりを手にした。がぶっとかじりつく。昆布が入っていた。

「旨いっ」

昆布もおいしかったが、おにぎり自体がおいしかった。裕太は、旨い旨い、と言いながら、陽菜お手製のおにぎりを食べていく。すると今度は、陽菜が裕太の食べっぷりを見ている。

「おいしいよ、三島さん」

「そう。よかった。なんか、生まれてはじめておにぎり食べる人みたい」

変な佐野くん、と陽菜が言う。

確かに生まれてはじめてだった。女性が作ったおにぎりを食べるのは。母親を除いて。だから、よけいおいしいのか。

「きっと畑で汗を流したせいよ。汗を流したあとは、なんでもおいしいの」

と、陽菜が言い、沢庵をがりっとかじる。佐野くんも食べて、と言われて、裕太も沢庵をかじる。

「おいしいよ」

「うれしいな。なんでもおいしいって食べてくれるから」

と、陽菜が笑顔で裕太を見つめている。

なんかいい感じじゃないかっ。瑠美のときみたいにエッチに発展するというい
い感じではないが、なんかデートしている感じがする。

しかし、陽菜のタンクトップ姿はなんともそそる。瑠美みたいに期待していな
かっただけに、よけい股間に来る。

地味な女の子が脱いだら、ナイスボディだったという感じだ。

バストの上のほうがちらりとのぞいている。谷間もちょっとだけのぞき、そこ
に汗の雫が流れている。

ああ、あの汗を舐めたいっ。

おにぎりを食べてひと息ついたら、またやる気が出てきた。

「午後はどうするの」

「もちろん、続きをやるよ」

「えっ、大丈夫かな」

「大丈夫さ。任せてっ」

「そう。いっしょにやってくれるなら、午後ははやく終わりそう」

陽菜が背中に流していた髪を、あらためてポニーテールに結んでいく。

またもや、腋の下があらわれる。相変わらず、汗ばんでいる。

陽菜はこちらを向いて、うしろ髪を結んでいく。ずっと、腋の下をさらしたまだ。無防備にさらされた腋の下から、裕太は目を離せなかった。

3

午後三時すぎには、草取りは終わった。

「お疲れさまでした」

額や首すじの汗を拭いつつ、陽菜がそう言った。お疲れさま、と裕太も言葉を返す。

「ふたりで農作業するのも、なんか楽しいね」

と、陽菜がぽつりと言う。

「そ、そう……」

「私、ひとりでするのが好きだと思っていたけど……ふたりもいいなって……佐野くんだからかな……」

「えっ……そ、そうなの……あ、あの、僕も楽しかったよ。暑かったけど」

裕太はどろどろに汗をかいていた。

「お風呂沸かすから、入ってね」

と言い、陽菜は母屋に駆けていく。跳ねるポニーテールを、裕太は眺める。

――ふたりもいいなって。佐野くんだからかな。

陽菜の言葉がずっと頭をまわっている。

――僕も楽しかったよ。

裕太にしては上出来な言葉だ。中学時代だったら、こんなことさえ口にできなかっただろう。あれから十三年経って、美沙子先生で男になって、裕太も少しは成長したということか。

母屋に戻ると、陽菜が麦茶のボトルとグラスを持って、縁側に出てきた。長袖のシャツとだぼっとズボンを脱ぎ、またタンクトップとショーパン姿になっている。剝き出しの二の腕も太腿も汗まみれだ。

「すぐに沸くからね」

麦茶をグラスに注いで、はい、とくれる。受け取ると、ごくごくと飲む。陽菜も自分のグラスに麦茶を入れると、喉を動かし、ごくごくと飲んでいく。

「今日、一日だけで、偉そうなこと言えないけど、確かに畑で黙々と作業するのもいいね」

「そうでしょう」

と、陽菜が笑顔を向ける。

「あの……」

なに、と陽菜が問うように、じっと裕太を見つめる。

「明日も、畑に来ていいかな」

「もちろんっ。うれしいな」

と、陽菜がとびきりの笑顔を見せる。

「いいのっ」

「うん。ふたりだと楽しいって、さっき言ったでしょう」

「よかった……」

なんか告白して、オーケーされた気分になる。

風呂場からブザーが聞こえた。

「三島さん、先に入って」

と、裕太は言う。

「じゃあ、お先に入るね。あの、Tシャツ脱いで。お風呂場で洗うから。Tシャツだとすぐに乾くから」

「そうだね。じゃあ……」

Tシャツを脱ごうとして、手が止まる。陽菜がじっと見ていたからだ。上半身裸になるくらいなんでもないが、ふたりきりの場だと変に緊張してしまう。

「もしかして、童貞？」

「いや、違うよっ」

なぜか、強く否定する。ほんの数日前まで童貞だったが、今は、ふたりも知っている。

すぐに脱がないと、童貞っぽいと思われてしまう、と裕太はTシャツを脱いでいく。汗くさい臭いがひろがる。

「ああ、ごめん、なんか臭うね」

「それは私もいっしょだから」

と言い、

「ジーンズは乾かないかな……」

「そうだね……」

「でも、半乾きでも洗ったほうがいいよ。夕方、美貴のとこに行くんでしょう。ここだとくさくてもいいけど、あっちではね」

と、陽菜が言う。

それはそうだ。

「ジーンズも洗ってあげるから」

脱いで、と言う。

「そ、そう……」

童貞っぽいと思われたくなくて、裕太は思いきって、陽菜の前でジーンズも脱いでいく。ブリーフだけとなる。それは恥ずかしながら、もっこりとしていた。

それを目にした陽菜が、あっ、と声をあげる。そして、思わぬことを口にした。

「それも脱いで、洗うから」

と、ブリーフを指さし、陽菜が言ったのだ。

「えっ、これは……」

「汗くさいでしょう」

「いや、これは自分で洗うから」

「いいよ。私が洗ってあげる。さあ、脱いで」

陽菜も二十七の女だ。裸の男など見慣れているのだろう。でも今、脱いだら勃起させたペニスを見られてしまう。どうして勃っているのか。それは陽菜のタンクトップショーパン姿に興奮しているからだ。そんなこと知られたくない。

「もう、はやく脱いで。男の子でしょうっ」

そう言うなり、陽菜は裕太の足下にしゃがむとブリーフを引き下げた。弾けるように勃起させたペニスがあらわれた。陽菜の鼻先で、さらに反り返っていく。

「えっ、うそっ……なにっ」

と、陽菜は目をまるくさせる。はじめて勃起したペニスを見たような表情だ。

もしかして、逆に見たことないから、大胆になれたのか……。

「こんなになるの……男の人って……」

「もしかして、はじめて見たの？」

うん、とうなずくも、まじまじと見つづけている。

「佐野くんも、もうりっぱな大人の男なんだね」

「まあね……三島さんはどうなの」

と、いちばん知りたいことを聞く。

「私はまだまだ少女だよ」

と言うと、ブリーフを引き下げ、お風呂入ってきます、と背中を向けた。

裕太はブリーフを持つ陽菜を見送った。

裕太は裸のまま、縁側に座っていた。ペニスは勃起したままだ。

それは、お風呂に陽菜が入っているからだ。今、陽菜は裸だからだ。しかも自分の身体を洗うついでに、裕太のブリーフまで洗っているのだ。

勃起が鎮まるわけがない。

——私はまだまだ少女だよ。

という陽菜の言葉が、頭から離れない。あれはどういう意味なのか。やっぱり、処女だということだろう。

先走りの汁がにじみ出てくる。おいおいっ、陽菜が処女だと思って、我慢汁を出すなんて最低だろう。

「いいお湯だったよ」

と、背後から陽菜の声がした。振り向いて、はっとなった。陽菜は裸体にバスタオルを巻いただけだった。

新鮮な色気に、ドキンとする。左右の手には洗ったTシャツやジーンズ、そしてブリーフを持っている。

「さあ、入って。私、干しておくから」

と言うと、陽菜は裸体にバスタオルを巻いたままでサンダルを履き、庭に出る。そして、Tシャツ、ジーンズと干していく。

その姿を見ながら、裕太は我慢汁を出していた。

夕方になり、裕太は陽菜の運転で、美貴の定食屋に向かっていた。

Tシャツとブリーフは乾き、ジーンズは半乾きだったが、洗剤の香りがして、気持ちよかった。

陽菜は洗いざらしの髪をなびかせて、ハンドルを握っている。隣からはずっと湯あがりの薫りがしている。

勃起させたペニスを目にしてから、陽菜はおとなしくなっていた。どこか、よそよそしい雰囲気も感じた。運転中も、ずっと前を向いて、なにか考えごとをしているようだ。

「明日、農園に行っていいのかな」

思わず、聞いていた。

「えっ……ああ、うん。もちろん……来て……」

フロントガラスに目を向けたまま、陽菜はそう答えた。

4

定食屋に入ると、繁盛していた。テーブル席は埋まり、カウンターの端がひとつ空いているだけだった。

しかも、客はみな男だった。半分は中年だったが、半分は美貴と年が近かった。

「お待たせしました。ハンバーグ定食です」

と、テーブルにハンバーグ定食を載せたトレーをふたつ置く。若い客は、美貴の美貌を見つめている。

美貴はエプロン姿だった。セミロングの髪を、今日はアップにさせていた。蒼いうなじがのぞいて色っぽい。

「いらっしゃいっ。来てくれて、うれしいわ」

と、美貴が笑顔を見せる。すると、客たちの視線がいっせいに裕太に向く。なんだこいつは、という顔で見ている。

えっ。俺も美貴狙いのライバルってことっ。

裕太はカウンターの端に座る。水を入れたコップを持って、美貴が寄ってくる。

「なににしますか」

美貌をぐっと寄せてきて、聞いてくる。キスできそうな距離だ。実際、美貴の唇は、とても無防備に突き出されていた。

えっ、なにっ。

「あ、あの……アジフライ定食を」

「はい」

美貴はとびきりの笑顔を向けて、キッチンに下がった。

美貴が注文の品を運ぶたびに、客たちがなれなれしく話しかけてくる。美貴は笑顔でそれに応え、ときには、もうっ、と客をぶつまねをしたりする。

すると今度は、なんだあいつ、と裕太もほかの客といっしょに、にらみつけていた。

「アジフライ定食、お待たせしました」

と、美貴が運んできた。どうぞ、とカウンターに置くとき、かなり身体を寄せてきた。

えっ、なにっ、これ、なにっ。

——佐野くん、東京の人でしょう。一時的にいるだけだから、逆に甘えたいんじゃないかな。

陽菜の言葉が蘇る。

これは甘えているのか。このあと、なにかあるのかっ。

急に緊張して、大好きなアジフライがあまり喉を通らなくなった。


「ありがとうございましたっ」

最後の客が帰っていった。裕太はまだ食べている。

「店、閉めるね」

と言って、美貴は外に出ると、暖簾を手に戻ってくる。そして、扉の鍵を閉めた。なんか、鍵を閉められると、ドキンとする。

「ごめん、途中で……」

「ううん……テーブルに移って」

と、美貴が言い、カウンターに迫ると、アジフライ定食が載ったトレーを持ち、テーブルに運ぶ。

「私もいっしょに食べていいかな」

「もちろん」

美貴はキッチンに引っこむと、刺身定食を載せたトレーを持って、戻ってきた。

そこには、缶ビールが二本置かれていた。

「いっしょに飲もう」

と、缶ビールを一本わたしてくる。プルタブを引き、蓋を開けると、乾杯っ、と手をあげた。ごくごくと美貴が飲んでいく。いい飲みっぷりだ。

「ああっ、やっぱり、労働のあとのビールが最高ね」

と、美貴が言う。

そしてエプロンを取ると、両手をあげて、アップにまとめていた髪を解く。セミロングの髪がふわっと舞う。仕事モードから一気に変わる。

「晩ご飯はたいてい刺身定食なのよ。お刺身は今日中に食べないとだめだから」

そう言って、美貴が刺身を箸で摘まみ、唇へと運んでいく。

「アジフライ、おいしかったよ」

「うれしいわ」

と、美貴が微笑む。

「さっきは、変になれなれしくして、ごめんね」

「えっ、い、いや……」

「けっこう、つき合ってくださいって言われることがあって……今はそんな気分じゃなくて、だから佐野くんと仲がいいのよ、となんとなく見せつけてみたの」

「そ、そうだったんだね……」

変な期待をしてしまった。

「ごめんね。佐野くんは東京から来た人だし、また東京に戻るから……」

そう言って、美貴が見つめる。瞳がきれいで吸いこまれそうなだけに、見つめられるだけで、気があるのではないかと勘違いしてしまう。

たぶん美貴に恋する客たちも、同じように勘違いしているのだろう。

「三島農園、どうだった」

「一日、雑草取りをしたよ」

「へえ、そうなんだ……」

と、意味深な目で見つめる。

「えっ、変かな……」

「陽菜のこと、好きなのかしら」

「えっ……」

「だって、一日雑草取りなんて無理だよ。すごく暑かったでしょう」

陽菜のことが気になるから、一日雑草を取りつづけることができたのだろうか。

「ああ、大変だったけど、苦痛ではなかったよ……ああ、僕もひとりで黙々とやる仕事、向いているのかな」

「陽菜に気があるんじゃなくて？」

「えっ、いや……わからない……」

と、あいまいな返事をしてしまう。

「私も仕事、変えたいな」

「えっ、そうなの」

「だって客商売だから、言い寄るお客さんを無下にできないでしょう。愛想よくしていると、勘違いされるし」

「美人は美人で、いろいろ大変なんだね」

「そうよ」

と言って、美貴が笑う。

「もっと飲んでいいかな」

と、一本空けた美貴が、裕太に聞く。別に俺に聞く必要はないのに、と思う。

「もちろん、いいよ」

「じゃあ、どんどん飲んじゃおうかな」

美貴は立ちあがり、キッチンへと向かう。Tシャツにジーンズ姿だ。ジーンズのヒップラインがセクシーだ。

クラスのマドンナが未亡人だなんて不思議だ。亡くなった旦那を思い、男なしで生きているのも不思議だ。

美貴のような美人なら、男が切れることなんてないように思えるのに。

缶ビールを四本抱えて、戻ってくる。

「たくさん持ってきたね。落とすよ」

「行ったり来たりするのが面倒だから」

缶ビールが一本、胸もとからこぼれ落ちた。

「あっ……」

落ちた一本に気を取られ、ほかの三本も落としてしまう。

美貴はしゃがむと、缶ビールを拾う。裕太も席を立って、美貴のそばにしゃがんで缶ビールを拾う。そのとき前屈みになったTシャツの襟ぐりから、ちらりと白い乳房が見えた。

思わず、見てしまう。

中学生の頃は洗濯板と言われていた胸が、男を誘うように盛りあがっている。

缶ビールをそれぞれ二本ずつ手に、テーブルに戻る。美貴はさっそく二本目を開けて、ごくごくと飲む。

「今、胸見てたでしょう」

「えっ、ご、ごめん……」

「洗濯板だった、高梨美貴の大人になった胸、もっと見たいかな」

と、美貴が聞く。

「そ、それは見たいけど……どうしたの、高梨さん」

「どうもしないよ。中学のとき、胸なかったでしょう。胸がなかった私しか知らない男子には、ほらっ、と見せつけたくなるの」

と言うと、美貴はTシャツの裾をつかみ、一気に鎖骨までたくしあげた。

「あっ……」

裕太は驚いた。美貴は白のブラをつけていた。ハーフカップで、かなり豊かなふくらみの半分近くがあらわになっていた。再会したとき、Ｅカップはある、と言っていたが、本当だった。きれいなふくらみだった。

「ああ、胸あるね……高梨美貴、胸があるね」

「もう、失礼なんだからっ。あるのよっ。高梨美貴は洗濯板じゃないのよっ」

美貴はたくしあげた裾を下げようとしたが、

「ずっと見ていたい？」

と聞いてきた。

「もちろん、ずっと見ていたよ」

「じゃあ、サービスね」

と言うと、美貴は両腕をあげて、Ｔシャツを脱ごうとする。

そのとき、腋の下があらわになった。手入れの行きとどいた腋の下だ。

今日ふたりめの腋の下だった。まさか三島陽菜に続いて、高梨美貴の腋の下も見ることができるとは。

陽菜の腋の下は汗ばんでいたが、冷房の効いている空間にいる美貴の腋の下は汗ばんではいなかった。

美貴がＴシャツを脱いだ。上半身、白のブラだけになる。

「なんか、ブラがださいかな。もっと大人っぽいブラにしておけばよかった。でも、仕事中は白のTシャツにしてて、ブラが透けるといやだから、自然と白になるの」

「うん……」

　と、裕太は生返事をする。

「もう、私の話、ちゃんと聞いてるっ？」

「うん……」

「聞いてますかっ」

　と、美貴がブラだけの上半身のまま、身を乗り出してくる。

「あ、ああ……」

　ずっと美貴の胸に見惚れていた裕太は、それがぐっと接近してきて、目を見張った。

「もう、そんなにおっぱいが好きなのね」

「高梨さんの胸だから、なんか格別感があるんだ……」

「そうなの……うれしい……」

　身を乗り出したまま、美貴が裕太の頬にちゅっとキスしてきた。

「えっ……」

「ごめん……なんか変なの……」

美貴は上半身を引っこめて、ごくごくとビールを飲む。

「主人がとつぜん亡くなって一年が経つんだけど、やっぱり正樹のことが忘れられなくて、ぜんぜん前に進めないんだ」

「そうなんだ……」

「まだ、誰ともつき合う気はないし、ひとりでぜんぜんいいんだけど……でもね……ふとしたときに……なんか、すごく、強く抱きしめてほしい夜があるの」

そう言って、美貴がじっと裕太を見つめた。

えっ、これって、今、抱きしめてほしいってことだよね。美貴はTシャツまで脱いでいるんだよっ。ほらっ、席を立って、美貴を抱きしめるんだっ、裕太っ。

とは思うのだが、マドンナ相手で緊張しすぎて、しかもあまりにとつぜんのことで身体が動かない。中学時代、いわば美貴はアイドルみたいなものだった。テレビで笑顔を振りまく、美形グループのメンバーと同じ扱いだった。

そんな憧れの女性から、抱きしめてほしい、と言われて、裕太は、パニックになっていた。

缶ビールをあらたに開けて、ごくごくと一気に飲む。でも、ぜんぜん酔わない。

「佐野くんもそんな夜ってないかな。すごく女性の肌が恋しくなる夜っていうのかな……」

「いつもだよ」

「えっ……」

「二十七年間、ずっと女性の肌が恋しかったよ」

「ずっと……」

「そう、ずっと」

「そうなんだね……」

美貴が席を立った。

5

ブラとジーンズだけでこちらに来ると、中腰になって、抱きついてきた。

「あっ、高梨さんっ……」

裕太も美貴の背中に両腕をまわしつつ、席から立つ。するとあらためて、美貴が強く抱きついてきた。

成長したバストが、裕太のTシャツ越しの胸もとに押しつぶされて、はみ出そうになる。

うそだろうっ。ああ、今、美貴と抱き合っているんだっ。

裕太は感激で震えていた。

キスだっ。このままキスだっ。

裕太は美貴のあごにそっと指を添えた。すると、美貴が美貌を向けてきた。じっと見あげている。

裕太は口を寄せていった。口と唇が触れ合った。

その瞬間、電撃が走った。口が痺れていた。それゆえ、ただ口を重ねるだけのキスになってしまっていた。

舌をからめるんだ、と思ったが、その前に美貴が唇を引き、また強く抱きついてきた。

「ああ、もっと強く抱いて」

胸もとでそう言われ、裕太はあらためて両腕を美貴の背中にまわし、強く抱いていく。美貴の背中はとても華奢（きゃしゃ）だった。

「ああ、じかに、佐野くんの肌を感じたい」

と、美貴が言い、裕太のTシャツの裾をつかむと、たくしあげていく。

裕太はブラをはずそうと、ブラホックに手をかける。が、手間取ってしまい、Tシャツをたくしあげられるまま、ブラカップから手を離し、万歳のポーズを取らされた。

Tシャツを脱がされ、上半身裸になると、胸板に美貴が美貌を埋めてきた。ぐりぐりとこすると乳首に当たり、せつない刺激を覚える。

「あっ、乳首、勃ってきてる」

と言うと、美貴が乳首に吸いついてきた。ちゅっと右の乳首を吸ってくる。

「あっ、ああ……」

と、女のような声をあげる。ブラだ、ブラをはずすんだっ、とまた両手を美貴の背中にまわす。そして、ブラホックをつかむ。

今度は一発ではずれた。すると、ストラップが下がり、ブラカップが乳房に押しやられるようにまくれていった。

美貴の乳首もあらわれた。同い年の未亡人の乳首は赤くとがっていた。

「ああ、おっぱいっ、高梨さんのおっぱいっ」

と、中坊まる出しの声をあげてしまう。すると急に恥ずかしくなったのか、

「見ないで……」

と言うと、美貴が両腕であらわになった乳房を抱いた。

不思議なもので、恥じらって隠されると暴いて見たくなる。

裕太は美貴の両腕をつかむと、万歳するようにあげていった。

「ああ……恥ずかしいわ……」

乳房がまたあらわになる。マドンナの乳房は美麗なお椀形をしていた。マドンナにぴったりの形だ。

「おっぱい、きれいだ。大きくて、きれいだよ、高梨さん」

「美貴って呼んで、裕太くん」

マドンナに名前で呼ばれ、裕太は幸福感に包まれる。そして、

「み、美貴さん……」

と、マドンナを名前で呼ぶ。

「はい、裕太くん」

両腕をあげ、乳房をまるごとさらしたまま、美貴が返事をする。

「ああっ、美貴さんっ」

裕太は思わず、美貴の乳房に顔を埋めていく。甘い匂いに包まれる。一日働いてかいた汗の匂いだ。

「ああ、シャワー浴びてないから……」

「う、ううっ」

裕太はうなりながら、マドンナの乳房を顔面で感じつづける。

ようやく、顔を引いた。乳首がさらにとがっている。吸ってほしい、と誘っているように見える。

裕太は誘われるまま、また美貴の乳房に顔を埋める。今度は乳首を口に含み、じゅるっと吸っていく。

「あっ、あんっ」

美貴が敏感な反応を見せた。

ああ、マドンナの喘ぎ声だ。高梨美貴、こんな声を出すんだ。もっと聞きたい、と強く吸っていく。

「はあっ、あんっ……やんっ……」

乳首はかなりの急所なのか、美貴がぴくぴくと上体を震わせる。

裕太は顔を引いた。右の乳首は裕太の唾液まみれとなっている。すぐに左に吸いついていく。ちゅうっと吸いつつ、右の乳首を摘まみ、いじっていく。

「あっ、あんっ……裕太くん……あ、ああんっ」

美貴が甘い喘ぎを洩らしつつ、裕太の後頭部に手をまわしてきた。もっと責めて、というように強く押してくる。

「う、ううっ」

裕太は美貴の望むまま、左の乳首を強く吸う。

「ああ、あんっ」

乳房が汗ばみ、甘い匂いが濃くなる。

美貴がまた、しがみついてきた。乳房を胸板に押しつける。

「抱きしめて。もっとぎゅっと抱きしめて」

うん、と裕太はうなずき、美貴の背中に腕をまわし、乳房を押しつぶす感じできつく抱いた。

第五章　未亡人の欲望

1

美貴が裕太のジーンズの股間をつかんできた。

「あっ、硬いよ」

「そ、そうだね……ずっと硬いよ」

「ああ、じかに感じたいよ、裕太くん」

そう言うと、美貴はその場にしゃがみ、ジーンズのボタンに手をかけた。はずすと、ジッパーを下げていく。

「ああ、石けんの匂いがする。陽菜が洗ったのね」

「そ、そうだね……」

「エッチしたの？」

「まさか。一日雑草取りして、お風呂に入ったときに、洗ってくれたんだ。美貴さんに会うから、汗くさいとだめでしょうって言われて」

「そうなのね」

美貴がジーンズを下げつつ、ブリーフのもっこりにちゅっとキスしてきた。

「いい匂い」

と言って、もっこりブリーフにマドンナが頬ずりしてきた。

「ああ、美貴さん……」

ブリーフ越しに頬ずりされただけで、裕太は腰を震わせる。なにせ、とびきりの美貌なのだ。それが押しつけられているのだ。

じかに頬ずりされたら、暴発しそうだった。

ジーンズを足首から抜くと、美貴がブリーフに手をかけてきた。

すぐに下げず、ふうっと深呼吸をする。ブリーフを美貴の手で脱がせるということは、エッチをするということだからだ……。

エッチっ。マドンナと俺がエッチっ。

すでに美沙子先生で童貞を卒業し、巨乳の瑠美ともやり島でしている。そして今、マドンナがブリーフを下げようとしている。

「正樹、ごめん……」

と言うと、美貴がブリーフを下げた。弾けるようにペニスがあらわれた。勢いよく飛び出しすぎて、美貴のすうっと通った小鼻をたたく。

美貴は、あんっ、と甘い声をあげた。そして、まじまじと裕太のペニスを見つめる。

「ああ、裕太くんって、こんなおち×ぽを持っていたんだね」

「中学時代はこんな感じじゃなかったけど……」

「そうね。童貞おち×ぽだからね。今は違うよね。すごく堂々としているもの」

素敵よ、と言って、美貴が裏のスジにちゅっとキスしてきた。

「あっ……」

キスだけで、どろりと大量の先走りの汁が出た。

美貴は裏のスジにちゅちゅっとキスしつつ、右手の指の腹で先走りの汁を鎌首にひろげていく。

「あ、ああ……美貴さん……」

中学時代はマドンナだったが、今は未亡人なのだ。

美貴の唇が裏スジから先端へとあがってくる。またも、どろりと先走りの汁が出てくる。それを、美貴がぺろりと舐めた。

「ああっ……」

裕太はうわずった声をあげる。

美貴に、ち×ぽがすごく堂々としている言われて、裕太は舞いあがっていた。数日前までは童貞ち×ぽだったのだ。

美貴に堂々としたち×ぽを披露することができたのも、美沙子先生と瑠美のおかげだ。ふたりには大感謝だ。

美貴はねっとりと鎌首を舐めつづける。

「あ、おいしいよ、裕太くんの我慢汁」

と、美貴が言う。

「そ、そうなの……」

「うん。おいしい。ああ、もっと我慢汁、舐めたい。もっと出してみて」

と言い、ペニスをゆっくりとしごきつつ、鎌首を舐めつづける。

「あ、ああ……美貴さん……」

美貴の美貌がち×ぽのそばにあるというだけで、裕太の全身の血が沸騰している。しかも、その美貌から出た舌で我慢汁を舐めているのだ。

そんな美貴を見て、さらなる我慢汁が出てくる。

「ああ、咥えるね」

　と言うと、美貴が唇を精一杯開き、ぱくっと先端を咥えた。

「あああっ、あんっ」

　裕太は女のような声をあげて、腰をくねらせる。美貴は一気に根元まで咥えこんだ。

「う、うう……」

　ちょっと苦しそうだ。吐き出すと、どろりと唾液を垂らす。それを手のひらで受け止める。

「ああ、久しぶりに、おち×ぽ頬張ったから、噎せちゃった」

　美貴がぺろりと舌を出す。そしてまた、懲りずにペニスを咥えてくる。すぐさま、根元まで頬張った。

「あ、あの……美貴さんのも……舐めたい」

　と、裕太は言った。美貴が唇を引き、ペニスを吐き出すと、

「いいよ……」

　と、小さな声で言った。

「ああ、なんか思い出すの……」

と、美貴が言う。

「なにを」

「店を閉めてすぐに、こうして正樹といっしょに飲んで、そして正樹とキスして、おっぱい吸われて……おち×ぽ、しゃぶって……そして……」

美貴は立ちあがると、自らの手でジーンズのボタンをはずし、ジッパーを下げはじめる。

パンティが見えた。ブラとそろいの白だ。ただ面積が極小で、脇から恥毛がはみ出ていた。

「ああ、ごめんね……なんか、はしたないパンティ穿いてて」

「い、いや……」

「これ、正樹の趣味だったの。エッチなパンティ穿かせて定食屋やっていたの」

「そうなんだ……」

美貴がジーンズを足首から抜いた。極小パンティだけになる。

「ああ、恥ずかしい……私、ヘア濃いほうなの……でも、それがいいって言ってくれて、処理していないの……それで、こんなパンティ穿かせて」

美貴は涙を浮かべていた。美人なだけに、泣き顔がたまらなかった。

亡くなった夫を思い、涙を流している美貴を見て、裕太は勃起させたままでいた。不謹慎だと思ったが、萎えるどころか、ひとまわり太くなっている。

「ああ、嫌いになったでしょう」

「まさか」

裕太はあらためて、極小パンティだけのマドンナを抱きしめる。勃起したペニスが、ふたりの股間に挟まれる。

裕太は抱きしめたまま、あらたな我慢汁が出た先端を極小パンティ越しにこすりつけていく。すると偶然、クリトリスを突いたようで、

「あんっ」

と、美貴が敏感な反応を見せる。いいぞっ、とそのままぐりぐり突いていく。

「あ、あんっ……いじわるね」

と、美貴がなじるような目を向ける。その目にも興奮する。

「えっ、いじわるって……」

「もう、だって、じかじゃないじゃない」

「そ、そうだね」

裕太はその場にしゃがむと、マドンナのパンティに手をかけた。

そして、一気に引き下げた。

濃いめの恥毛があらわれた。と同時に、発情した牝（めす）の匂いがむっと薫ってきた。

「ああ、恥ずかしいよう」

と、美貴が両手で恥部を覆う。

裕太は再び立ちあがった。そして美貴の裸体を抱きしめ、ペニスを股間に当てていく。美貴の手の甲を押す感じになる。

「あんっ、もっと、じれったいわ」

と、美貴が両手を恥部から引く。と同時に、先端が草叢（くさむら）に埋もれていく。

裕太はじかに突いていく。が、今度はクリトリスを捕らえられない。

「ああ……じらさないでよ……」

今度はじらしているわけではなかった。裕太はあせりつつ、突いていく。すると、クリトリスに当たった。

「はあっ、あんっ」

美貴が火の息を吐き、ぶるっと裸体を震わせる。

ここだぞっ、と強く突いていく。

「あ、ああっ、おち×ぽ、いい」

美貴が腰をくねらせる。すると、いきなり鎌首がめりこんだ。

2

あっ、と思ったときには、鎌首が燃えるような粘膜に包まれていた。

えっ、入ったっ。

美貴が恥部をこすりつけてくる。当然、鎌首がさらにめりこんでいく。

「ああっ、じらさないで……奥まで塞いで」

先っぽがマドンナの中に入っただけで、裕太は舞いあがっていた。

そうか、奥までか、と美貴のくびれた腰をつかみ、真正面から突き刺していく。

ずぶずぶと、裕太の鎌首が進んでいく。

「あっ、ああっ、硬いっ、おち×ぽ、硬いのっ」

美貴が火の声を吐く。

ああ、マドンナが……中学時代は口さえきいたことのなかった高嶺（たかね）の花のおま×こに今、俺は入れているんだっ。

おかずではなくて、メインディッシュにしているんだっ。

奥まで完全に塞いだ。未亡人の肉襞がぴたっと貼りつき、くいくい締めはじめている。先端からつけ根まで、マドンナを感じる。

「動いて、裕太くん」

「そ、そうだね……このままでいいの」

「いいよ……」

どうやら立ったまま繋がるのは、はじめてではないようだ。亡くなった夫と閉店後に店でよくやっていたのだろう。

旦那さん、美貴さんをお借りします。お借りするからには、満足させてみせますっ。

裕太は正樹になりかわって、真正面から突きはじめる。

「あうっ、うんっ……」

ひと突きごとに、美貴が火の息を裕太に吹きかけてくる。

「もっとっ、もっとっ」

突きが弱いようだ。正樹のかわりになっていないと裕太は力強くえぐっていく。

「ああっ、いいっ」

美貴は喜んでくれたが、力強い責めはリスクが伴う。はやくも、裕太は出しそうになっていた。なにせ、相手はマドンナなのだ。しかも未亡人となって、ますます女っぷりがあがっているのだ。

童貞だったら、入れた瞬間、爆発させていただろう。美沙子と瑠美のおかげで、挿入即発射は免れていたが、予断は許さない。

美貴が腰を引いていく。

「えっ……もういいの」

美貴は妖艶な笑みを見せると、そばのテーブルに両手をついていった。裕太に向かって、双臀を差しあげてくる。

未亡人の双臀は、むちっと熟れている。そんな尻を見ているだけで、あらたな我慢汁が出る。

「うしろから、入れて……」

と、美貴が甘くかすれた声で言う。

真正面からでも危ないのに、立ちバックで入れたら即発射じゃないのか。

そうなったら、美貴は失望してしまうだろう。やっぱり、佐野くんってだめね、と思われるかもしれない。

それはいやだ。佐野くんって、意外とすごいのね、と思われたい。

実際、勃起させたペニスを見て、感心していたじゃないか。美沙子も瑠美も喜んでくれた。俺のち×ぽはいけるのだっ。

おのれを鼓舞して、美貴の尻たぼをつかむ。

尻肌がしっとりと手のひらに吸いついてくる。裕太はぐっと開くと、ひくつくペニスを尻の狭間（はざま）に入れていく。

「はあっ、ああ……」

蟻（あり）の門渡（とわた）りを鎌首が通るだけでも、美貴は敏感な反応を見せる。裕太も発射寸前だが、美貴もいく寸前かもしれない。

ここは一気に責めたほうがいい気がする。

突きまくって、玉砕だっ。

裕太は立ちバックで突き刺していく。ずぶずぶと、ペニスが美貴の中に入っていく。

「ああっ、いいっ」

入れただけでも、美貴が甲高い声をあげる。この形がいちばん好きなのか。

裕太は尻たぼに指を食いこませると、最初から勢いよく突いていく。

「あっ、いい、いいっ、すごい、すごいよっ、裕太くんっ」

すごいと言われると調子に乗る。このまま行くぞっ、とマドンナの媚肉を激しく突いていく。

「いい、いいっ……ああ、いいっ」

美貴が喜んでくれるのはよかったが、そのぶん限界が近づいていた。

「あっ、出るのねっ」

「ご、ごめん……」

さすが人妻だ。入っているち×ぽの動きでわかるのか。

「いいよっ、このまま出してっ、ああ、動きを止めないでっ」

はやく出されることよりも、今の快感を止められることのほうがいやなようだ。

「いいんだねっ。出してもいいんだねっ」

「いいよっ、来て、来てっ、裕太くんっ」

「いくよっ、美貴さんっ」

裕太は渾身の力で、美貴の子宮をたたいた。

「あうっ……いく……」

と、美貴が短く叫んだ。その声を聞いた瞬間、裕太は射精させた。

凄まじい勢いで、ザーメンが噴射する。

「あっ、ああ、い、いく……」

ザーメンを浴びて、美貴がさらにいった。いくと媚肉が強烈に締まる。裕太は射精しつつ、あらたな刺激にうなっていた。

ようやく脈動が鎮まった。裕太がペニスを抜くと、美貴が振り向き、すぐさまその場に膝をついた。そして、ザーメンまみれのペニスにしゃぶりついてくる。

「ああっ、美貴さんっ」

出したばかりのペニスを吸われ、くすぐった気持ちいい感覚に、裕太は腰をくねらせる。

美貴は根元まで頰張り、うんうん、うめきつつ強く吸ってくる。

「あ、ああ……」

「もう一度できるよね、裕太くん」

半勃ちまで戻ったペニスをぐいぐいしごきながら、美貴が見あげている。その瞳が艶めかしく潤んでいる。

「で、できます……」

思わず、敬語になる。

「まだぜんぜん、満足していないの」

「すみません……」

と謝る。

「マドンナとエッチしているんだから、このおち×ぽに責任は持ってね」

「はい、持ちます。満足させるまで終わりません」

「よろしい」

と言って、美貴が笑う。そして再び、しゃぶりついてくる。

「ああ、美貴さんっ」

裕太は腰をうねらせつづける。が、七分勃ちといったところだ。勃たせなければと思うと、それがプレッシャーとなり、びんびんにはならない。

「裕太くん、そこに手をついて」

と、美貴がテーブルを指さす。

裕太は言われるまま、テーブルに手をついた。さっきまで美貴が取っていたポーズと同じだ。

美貴が背後にまわった。それは裕太が取っていた形と同じだ。違うのは、美貴がしゃがんだことだ。尻たぼをつかむと、ぐっと開いた。

「裕太くん、こんなお尻の穴、しているんだね」

「えっ……」

マドンナにまじまじと肛門を見られていると思うと恥ずかしい。自分でもよく見ていない穴だ。

「かなり毛が濃いね」

「そ、そうなの……」

ふうっと息を吹きかけられた。

「あっ……」

「いい反応よ」

美貴が美貌を尻の狭間に埋めてきた。間近で息を感じたと思った瞬間、ぺろりと舐められた。

「あんっ」

思わず、甘い声をあげてしまった。

美貴はそのまま、ぺろぺろ、ぺろぺろと肛門を舐めてくる。

「あ、あん……あん……」

裕太は女のような声をあげて、自分から尻を突き出していく。もっと中を舐めてほしかったからだ。

それに気づいたのか、美貴が尻の穴をひろげてきた。そして、とがらせた舌をねじこんでくる。

「あっ、それっ……それ、いいっ」

美貴がペニスをつかんできた。

「あっ、すごく大きくなってる」

と言う。そして、ぐいぐいしごきはじめる。

「あ、ああ、あああっ」

肛門を舐められながらペニスをしごかれ、裕太は腰をくなくなくねらせる。気持ちよくて、うねりが止まらない。

美貴が唇を引いた。そしてテーブルを持つと、そっちを持って、と言う。裕太が反対側を持つと、運ぶよ、とテーブルを動かしていく。

ふたつのテーブルをくっつけた。

「そこに寝て」

と、広くなったテーブルを指さす。

「ね、寝るの……」

「そう。テーブルに仰向けに寝て」

「いいの？」

「うん。正樹さんがいつもそうしていたの」

「そうなんだね……」

立ちバックに、テーブル騎乗位。かなり激しかったようだ。そんな未亡人の欲望に、俺なんかが応えられるだろうか。いや、だろうかではなくて、応えなくてはならないのだ。美貴をがっかりさせたくない。

裕太はテーブルに仰向けに寝た。すると、美貴もあがってきた。

「うれしいわ」

再び天を向いているペニスを見て、美貴が妖しい笑みを浮かべる。

すらりと長い足で裕太の腰を跨いでくる。そしてペニスを逆手につかむと、腰を下ろしてきた。

先端が草叢に入った。次の瞬間、熱い粘膜を感じた。

「あうっ、うんっ」

一気に根元まで呑みこんでくる。ペニス全体が、未亡人の粘膜に包まれた。

あっという間に、裕太のペニスは美貴の中に消えていた。

美貴が騎乗位の形で腰をうねらせはじめる。

「ああ、硬いわ。素敵よ、裕太くん」

美貴がうっとりとした表情を見せて、腰をのの字を描くようにうねらせつづける。こちらからもやらなければと、美貴のくびれた腰をつかむと下から突きあげていく。

「あうんっ……うんっ……」

たわわな乳房が突きあげるたびに、上下に揺れる。乳首はずっととがったままだ。

「揉んで。おっぱい、揉んで、裕太くん」

美貴が上体を傾けてくる。すると、乳房がよけい豊満に見える。それを下から掬いあげるようにつかんでいく。手のひらで乳首を押しつぶす。

「あんっ、いいっ」

と言いつつ、美貴は美貴で、自分から強くクリトリスを押しつけ、潰してくる。

裕太はこねるように美貴の乳房を揉みつつ、突きあげつづける。さすがに出したばっかりだから、突きにも余裕が出る。

すると美貴のほうも、股間をのの字ではなく、上下に動かしはじめた。

「ああっ、それ、それっ、だめだよっ」

裕太の上下の動きに美貴の上下の動きも加わり、こすれる刺激が倍になる。

つい、突きあげの力をゆるめてしまう。

「だめっ、強くしてっ」

と叱咤しつつ、美貴は杭打ちのように股間を上下させてくる。

「あ、ああっ、あああっ」

ＡＶで見たことがある杭打ち責めかっ。こんな責めに、俺のち×ぽは耐えられるのかっ。いや、耐えなくてはっ。責めるんだっ。もっと、美貴をよがらせるんだっ。佐野くんはすごいねっ、と美貴の身体に刻みこむんだっ。

裕太も歯を食いしばり、上下動を激しくする。すると、立場が逆転した。

「あ、ああっ、いい、いいっ……すごいのっ」

感じすぎた美貴が上下の動きを鈍らせはじめたのだ。

そうか。攻撃こそ、防御なりっ。

裕太はそのまま激しく腰を上下させる。美貴のおま×こを圧倒していく。

「あ、ああっ、いい、いいっ……ああ、いっちゃうっ、ああ、いっちゃうのっ」

「いいよっ、いっていいよっ、美貴さんっ」

美貴の上下動が完全に止まった。裕太はそのまま突きつづける。

「い、い……いく、いくいくっ」

裕太のペニスを包んでいる女の穴が強烈に締まった。

裕太はぎりぎり暴発に耐えて、なおも突きつづける。すると、

「またいく、いくいくっ」

と、美貴が続けていった。

ぐぐっと背中を反らし、汗ばんだ裸体をひくひくと痙攣させた。

そしてそのまま、突っ伏してきた。

「ああ、すごいわ、裕太くん」

「そうだろう」

「中学のとき、したかったね」

「そ、そうだね……」

美貴が熱い息を吐きかけるように、キスしてくる。

汗ばんだ肌と肌を重ね合いつつ、貪るように舌をからめ合う。裕太のペニスは
美貴に突き刺さったままだ。キスしつつ、突きあげる。

「ううっんっ」

美貴が火の息を吹きかけ、そして上体を起こした。

「もっとして、裕太くん」

未亡人は思った以上に貪欲だった。

裕太は美貴の媚肉を責めつづけた。

3

「こんな姿、お客さんに見られても大丈夫なのかい」

「大丈夫よ。ふたり乗りしているだけでしょう」

瑠美のペンションまで、美貴が送ってくれると言った。酔いは醒めてはいたが、大事を取って、車ではなく自転車で送ってくれることになったのだ。

そして今、裕太は自転車の荷台に座り、両手を美貴の腰にまわして、くっついている。恋人どうしのふたり乗り。中学時代、憧れたものだ。

まさか、裕太が抱きつくかっこうで、マドンナが漕ぐ自転車にふたり乗りできる日が来るとは。

美貴はサマーワンピース姿だった。背中が大胆に開いていて、そこから汗の匂いが薫ってくる。やったあとの汗の匂いだ。この汗をかかせたのはこの俺だ、と思うと、美貴の中に二発出していながら、はやくも股間がむずむずしてくる。

自転車ががたがた揺れはじめる。

「あんっ、ここ、舗装が雑なの。あ、あんっ……」

「どうしたの、美貴さん。もしかして、クリに当たるの」

「まさか、あんっ、当たらないわっ……はあっ、あんっ……」

美貴の甘い喘ぎに煽られ、裕太は腰に巻いていた両手を胸もとにあげていく。サマーワンピースの薄い生地越しに、バストをつかむ。

「あんっ……」

かなり感じたのか、美貴がよろめいた。

「危ないよっ」

「美貴さんが感じすぎるからだよ」

と言いながら、裕太は揺れる自転車に乗りつつ、バストを揉んでいく。

「あ、あんっ、はあっん……」

自転車は海岸線を走っている。車の量は少なく、ときおり追い越していく程度だった。

自転車の揺れがさらに激しくなる。

「あっ、あんっ……やんっ」

美貴が甘い声をあげる。かなりクリトリスに刺激を受けているようだ。しかも、サマーワンピース越しとはいえ、バストも揉まれている。

自転車の運転が怪しくなる。あまり調子に乗ると、事故を起こしそうだ。

裕太はバストから手を放した。すると、

「えっ、うそ……」

と、美貴が不満そうな声をあげた。

揉みつづけたほうがよかったのか。

自転車の揺れが収まった。しばらく進むとのぼりになる。

「ここからは男子ね」

自転車を止めると、美貴が降りた。裕太も降りる。さあどうぞ、と言われ、サドルに促される。

裕太は美貴のスレンダーな肢体を抱き寄せると、唇を奪った。無性にキスしたくなったのだ。揺れでの刺激のせいだ。

それは美貴も同じだったのか、いやがることなく、むしろ積極的にキスに応えた。しなやかな両腕を裕太に首にまわし、舌を入れてくる。

ぴちゃぴちゃと舌音を立てて、貪るようなキスになる。

海岸線からちょっと入った道路だったが、海岸線には車が走っている。地元の人間に見られたら、と思うと、よけい燃えた。

「ああ、裕太くんって情熱的なんだね」

「ここに戻ってきてから、そうなったんだ。東京では地味だったよ」

「そうなんだね。こっちの水が合うんじゃないのかしら」

「そうかな……」

「きっとそうよ。こっちに越してくればいいのに。そのほうが、裕太くんらしく生きられるよ」

「こっちに越す……」

考えたこともなったが、ありなような気がした。

俺らしく生きられる。情熱的なキス。地味な都会暮らし。

「さあ、乗って」

と、美貴が言う。うん、とサドルに跨る(またが)と、美貴が荷台に乗った。正面向きではなく、横向きだ。なんか荷台に乗りなれているような気がした。

横向きに乗った状態で上半身をひねり、裕太の腰に抱きついてくる。

かなり重かった。

「出発っ」

と、美貴の合図で、裕太は漕ぎ出す。坂道だからか、ふたりぶんだからか、かなり重かった。

「どうしたの。男子でしょうっ」

美貴がぺんぺんと、ジーンズ越しに裕太の尻をたたいてくる。

裕太は渾身の力を入れて漕ぐ。すると、するっと動き出した。動き出せば、休まず漕ぐだけだ。

「ああ、そうよ。頼もしいわ、裕太くん」

どうやら、美貴はかなりの褒め上手だと気づいた。男をやる気にさせるのがうまい。エッチのときもそうだった。

坂道のふたり乗りはやはりきつく、ペンションに着いたときはへろへろだった。

裕太が降りると、

「またね。食べに来て。待ってるから」

じっと裕太を見つめ、美貴がそう言う。食べに来て、というのは定食だとわかっていたが、私を食べに来て、と言われているようで、ドキリとする。

今度は美貴のほうからキスをしてきて、また貪るようなキスとなった。

「長月さんに会わなくていいのかい」

「いつも会ってるから。それにたぶん、お客さんと話しているよ」

ペンションのリビングには明かりが点いていた。駐車場には二台の車が停まっている。

「なるほど、そうなんだね」

じゃあ、と美貴がバイバイと手を振り、帰っていく。

裕太はバイバイと手を振りつづけた。きっと間抜けな顔をしていただろう。


ペンションに入ると、リビングから笑い声が聞こえてきた。

どうやら、美貴の言ったとおりのようだ。靴を脱ぎ、下駄箱に入れると、こんばんは、とリビングに顔を出す。

するとそこには、ふた組の男女と瑠美がいた。ひと組は三十代、もうひと組は年配だった。

「あら、お帰り」

瑠美が笑顔を向ける。そして、あら、という顔になる。

なんだっ。俺の顔に、美貴とやりましたって書いてあるのかも……。

瑠美がこちらにやってきた。高く張っているTシャツの胸もとが揺れる。

「したのね」

いきなり、そう聞いていた。

「えっ、なにを……」

「やっぱりね」

瑠美は怒ったりはしなかった。むしろ、

「美貴も寂しかったのね」

と言って、客たちのもとに戻った。すぐに談笑に戻る。

裕太はキッチンに入ると、冷蔵庫を開き、ミネラルウォーターのボトルを開けた。ごくごくと飲んでいく。

やたら旨く感じた。マドンナとやって、ふたり乗りでここまで来て、喉がからからになっていた。

裕太は美貴とやった思い出に浸りつつも、客たちと楽しく話す瑠美の横顔を見つめていた。

4

翌朝――目を覚ますと午前十時をまわっていた。やりすぎで疲れが出たようだ。

一階に降りると、瑠美はキッチンにいた。洗いものをしている。

「お客さんは？」

「朝早くから、出かけたわよ」

タンクトップにショーパン姿だった。巨乳とむちっとした太腿を見て、一気に目が覚める。

「それは、そうだよね……」

「裕太くんは、夜がメインだからね」

と、意味深な目で見つめている。

「いや……」

「今日はどうするの。というか、これからどうするつもりなの」

「それなんだけど、もうしばらく泊まってもいいかな。もちろん、宿泊代は払うから」

「ずっと泊まっていてもいいわよ。割引してあげるわ」

笑顔で、瑠美がそう言う。

「昨日、美貴さんに……いや、高梨さんに言われたんだ」

「美貴って呼んでいるのね。私も瑠美って呼んでいるわよね、やり島から」

「そ、そうだね……」

美貴とやったことは、もうばればれだ。

「それで、なんて言われたのかしら」

洗いものを終えて、瑠美が近寄ってくる。巨乳が迫る。大事な話をしているときだったが、どうしても巨乳に目がいく。これは男の悲しい性なのか。

「裕太くんには、こっちの水が合うんじゃないのか。こっちに越してくれば、裕太くんらしく生きられるよって」

「なるほどね。確かに、裕太くん、いきいきしているよね。まあ、工藤先生、私、美貴とすれば、元気は出るよね」

そう言いながら、短パンの股間をすうっと撫でてきた。

「ひいっ」

不意をつかれ、裕太は素っ頓狂な声をあげる。

「この町に戻って、こっちは休む暇ないものね」

と言いながら、短パン越しにつかんでくる。

「あっ、だめだよ……」

「なに。もう硬くしてるのね。そうか。タンクの胸か」

瑠美はさらに強くつかんでくる。

「ああ……ああ……」

裕太が喘いでいると、バンが駐車場に入ってくる音がした。

「陽菜かな」

と、瑠美が言う。短パン越しにペニスをつかんだままだ。

「離れてっ、瑠美さんっ」

「あれ、すごくあわてるのね。私と裕太くんのこと、陽菜に見られたらまずいのかしら」

瑠美はからかうように聞いてくる。

バンのドアが閉まる音がした。さらに強くペニスをつかんでくる。

「あっ……」

と、声を出してしまう。

「こんにちはっ」

と、キッチンのほうの勝手口から、陽菜の声がした。

「だめだよ……離れて……」

「陽菜が本命なのね」

と言って、瑠美が手を引いた。

陽菜が本命っ。

そうなのか。裕太自身でもよくわからなかった。

瑠美が勝手口に向かい、鍵を開け、ドアを開いた。

「こんにちは、三島農園です」

と、陽菜が野菜を入れた箱を持って、入ってきた。

「こんにちは、陽菜。佐野くんがお待ちかねよ」

と、瑠美が言う。

「えっ、お待ちかねって……」

「こんにちは」

と、裕太も挨拶に出る。

「今日も農園に行っていいかな」

「もちろん。そうだ。着がえを持ってきて」

と、陽菜が言う。

「そうだね……」

「着がえって……昨日、したのっ」

と、瑠美が大声をあげる。

「したわよ」

と、陽菜があっさりと言う。

「えっ、うそっ」

瑠美が目をまるくさせて、陽菜と裕太を見つめる。

「雑草取りでしょう。一日、がんばってくれたの。それで汗まみれで、お風呂に入ってもらって、着がえがないから、私が洗ってあげたの」

「洗ってあげたって、佐野くんのおち×ぽを……」

「えっ、なに言っているのっ。瑠美、変だよ」

陽菜が真っ赤になって、瑠美をたたくまねをする。

「Tシャツやジーンズを洗ってあげたの……」

「それだけ」

「ブリーフも……洗ったわ」

「ふうん」

瑠美が意味深な顔で、陽菜と裕太を見る。

「なに、なにもないよ……」

「ふうん、そうなんだ。陽菜の前で、裕太くん、全裸になったんだ」

「えっ、ま、まあね……」

「どうだった」

と、瑠美が陽菜に聞く。

「えっ、いや、びっくりしたわ……大きくて……」

「大きかったんだね」

「いや、なにもないよ……いや、はじめて見て、びっくりして……もう、なんか、
今日の瑠美、いじわるね……」

陽菜が頬をふくらませている。それがかわいい。瑠美は陽菜をからかっているだけだ。

「着がえ、取ってきなさいよ」

と、瑠美が言い、そうだね、と裕太はその場を離れた。もう少し、瑠美のから

かいに戸惑う陽菜を見ていたかったけど……。

車でふたりきりになると、変な緊張感が漂いはじめていた。

陽菜も裕太も無言だった。

——こんなになるの……男の人って……。

——佐野くんも、もうりっぱな大人の男なんだね。

昨日の陽菜の言葉が蘇り、裕太の頭の中をぐるぐるまわっている。

陽菜が着がえを持ってきて、と言ったときは、ちょっと意外に感じた。着がえるということは、今日もまた裸になるということだ。今日は、洗ってはくれないだろうが、裸になることは想定しているのだ。

まあ、今日は、陽菜の前でブリーフを脱ぐことはないだろうが、ふたりだけの空間で、裸になることは予想しているのだ。

——私はまだまだ少女だよ。

——いや、なにもないよ……いや、はじめて見て、びっくりして……もう、なんか、今日の瑠美、いじわるね……。

陽菜は瑠美に対しても、処女だと言っていた。

処女……陽菜は処女……。

なんか、ドキドキしてくる。ますます、なんて話しかけていいのかわからない。

お互い黙ったままだったが、居心地が悪いわけではない。

五軒、配達したあと、三島農園に向かった。

今日も雑草取りだった。離れた場所で、黙々と雑草を取った。

お昼になった。昨日同様、縁側に座って待っていると、タンクトップにショートパンツ姿の陽菜がおにぎりと冷えた麦茶を持ってやってきた。今日は、さらに卵焼きと沢庵、それに冷やしトマトがついていた。

「どうぞ」

と、麦茶の入ったグラスをわたしてくれる。二の腕や鎖骨あたりに汗がにじんでいる。甘い汗の薫りに股間が疼く。

思いっきり、汗ばんだ陽菜の身体をこの場で抱きしめたかった。もちろん、そんなことはできない。麦茶を飲み、おにぎりを食べる。

「旨い」

と言うものの、陽菜は無言のまま農園を見つめつつ、おにぎりを食べる。なにかをずっと考えている表情だった。

午後も雑草取りを続けた。午後三時すぎに、終了となった。

「お疲れさま。佐野くん、先にお風呂に入って」

「そう。じゃあ、先に入らせてもらうよ」

今日は風呂場で自分で汗まみれのＴシャツとブリーフを洗うことにした。

脱衣所で裸になり、浴室に入る。シャワーで汗を流し、湯船に浸かった。

これが気持ちいい。肉体労働のあとの風呂は最高だった。

磨りガラスの向こうに、人影が見えた。陽菜だった。

「洗っちゃうね。今から乾かせばすぐ乾くから」

そう言って、脱衣籠（かご）に入れていた、裕太のＴシャツとブリーフとジーンズを持って、陽菜が入ってきたのだ。

「三島さん……」

驚くことに、陽菜は裸体にバスタオルを巻いただけだった。いや、パンティは穿いているかもしれないが、少なくともブラは取っている。

陽菜は風呂桶（おけ）を手にすると、湯船に伸ばしてきた。

バスタオルの胸もとから、今にも乳房が出そうで、ドキンとする。そもそも、バスタオルだけの陽菜の姿はドキドキものだった。しかも、湯船に浸かっているとはいえ、裕太は全裸なのだ。

陽菜は風呂桶にTシャツとブリーフを浸し、そこに液体洗剤を少し入れた。ざぶざぶと洗いはじめる。

腕を動かすたびに、バスタオルに包まれたバストが揺れる。

ちょうど真横から、洗濯する陽菜を見ていた。

陽菜はしゃがんで洗っていた。だから、バスタオルの裾はたくしあがり、まさにぎりぎりヒップが隠れていた。太腿はつけ根近くまでまる出しで、汗ばんだ肌は艶めいて見える。

これはいったいなんだ。どうして裕太の目の前で、陽菜はバスタオル一枚で、俺のブリーフを洗っているのか。

抱いて、というサインなのか。いや、本当にはやく洗ったほうが乾くのがはやい、と思っているだけか。いや、それはないだろう。お互い大人の男と女なのだ。

Tシャツとブリーフを洗い終え、陽菜が手で絞り、そしてジーンズを洗い場のタイルにひろげて置いた。お湯をかけ、液体洗剤をかける。

そして、陽菜はジーンズを踏みはじめたのだ。踏み洗いだ。

「三島さん……」

「これが、効果があるのよ」

踏むたびに、豊かな乳房が揺れて、今にもこぼれ出そうになる。しかも、バスタオルの裾もじわじわとたくしあがりはじめている。

上も下も出そうなのだ。

陽菜は宙を見つめ、踏み洗いを続ける。

もうだめだった。

5

「三島さんっ」

裕太は湯船から出ていた。

「あっ……」

こちらを見た陽菜の目が一点に釘づけとなっていた。

裕太のペニスは当然のことながら、天を向いていた。

裕太は足踏み洗いのままの陽菜を抱きしめた。

すると、陽菜のほうからも抱きついてきた。

バスタオルの胸もとがずれて、乳房がこぼれ出た。

胸板にじかに陽菜の乳房を感じ、ペニスがいちだんと反り返った。

バストがあらわになったのに気づいた陽菜が身体を引くと、バスタオルをつかみ、引きあげようとした。

が、隠れる前に、裕太は魅惑のふくらみをつかんでいた。ぐっと揉んでいく。

「あっ……」

またも陽菜の身体が固まった。そんななか、裕太はふたつのふくらみを、ふたつの手で揉みしだいていく。

陽菜の乳房はぱんぱんに張っていた。まだ、蒼さを感じた。処女のバストだ。

手を引くと、白いふくらみに、うっすらと手形が浮かんでいた。乳首はわずかに芽吹いている。淡いピンク色だ。

「ああ、恥ずかしい……」

陽菜は鎖骨まで赤くさせて、両腕で乳房を抱いた。

裕太はバスタオルをつかむと、一気に引き剝いだ。

陽菜の股間もあらわになる。やはり、パンティは穿いていなかった。

陽菜のヘアは薄かった。恥丘にほんのひと握りしかなく、すうっと通った割れ目は剝き出しだった。その一点を見つめると、だめっ、と乳房を抱いていた両手を股間に持っていった。

割れ目は隠れたが、今度は乳首があらわになる。

「きれいだ」

そう言うと、裕太は陽菜の乳房に顔を埋めていった。

「あっ、だめっ、汗くさいよっ」

確かに、汗の匂いに包まれた。が、くさくはなかった。むしろいい匂いだった。股間にびんびん来る匂いだった。

裕太はそのままぐりぐりと顔面を陽菜の乳房に押しつけた。

「ああ、洗ってから……洗ってからに、して……」

陽菜はそう言うものの、洗うなんてもったいない。

一日、雑草を取ってかいた汗の匂いこそ、極上の香水なのだ。

裕太は乳房から顔を引くと、陽菜の右手をつかみ、股間に導いた。

「握ってみて」

「う、うん……」

陽菜はうなずき、怖ずおずとペニスをつかんでくる。

「あっ……硬い……こちこちだよ」

「そうだね」

「ああ……たくましいわ……なんか、すごく……佐野くんに男を感じるの」

そう言いながら、ぎゅっと握ってくる。

「昨日、見たでしょう」

「うん」

「あのとき、すごくドキンとして、佐野くんも男なんだなって……そして、ドキンとした私も女なんだなって……そう思ったの」

ゆっくりとしごきはじめる。

「佐野くんの大きなおち×ぽ見たとき、いやじゃなかったの……いやじゃない自分に驚いたの」

「そうなんだね」

「あれから一日ずっと、あれが入るんだ、と思っていたの」

「一日ずっと……」

「そう……頭から、佐野くんのおち×ぽが離れなくなって……」

ペニスから手を放すと、陽菜はその場に膝をついた。そのとき、ふたりでジーンズを踏んでいることに気がついた。

「あっ、ごめん。踏んづけたままだったね」

と言って、足からジーンズを取った。

そして洗い場に膝をついた形で、ペニスを見つめている。

瞳を閉じると、赤くなったままの顔を寄せてきた。

「好き……」

と言うと、ちゅっと先端にキスしてきた。

「あっ……」

まさか、ペニスを前にして、コクられるとは。

「好き、好きっ」

と言って、先端にキスの雨を降らせてくる。

「あっ、三島さんっ……」

はやくも、先走りの汁を出してしまう。

「えっ、もう射精したのっ」

「いや、違うよ。それ、あの……我慢汁って言うんだ」

「我慢、汁……今、佐野くん、我慢しているの？」

陽菜が見あげて聞いてくる。その視線に、ペニスがひくつく。

「あっ、動いたよっ。動かしたの？」

「いや、ち×ぽはこっちの意志では動かないんだ。でも、そのぶん、僕の気持ちがすごく表に出るんだよ」

「佐野くんの気持ち……」

「そう。大きくなって、我慢汁出して、ひくつかせているのが今の、僕の気持ちだよ」

「それって、佐野くんも、私と同じ気持ちってことかな」

そう聞きながら、舌を出すと、我慢汁を舐め取ってきた。

「あっ、三島さんっ……」

舐め取るということは、先っぽを舐めるということだ。

陽菜に舐められ、裕太は腰をくねらせる。

「感じるの？」

「感じるよ。すごく感じるよ」

「そうなんだね」

と言いながら、さらにぺろぺろと舐めてくる。陽菜がちょっと顔をしかめる。

「まずいんじゃないの？」

「ううん。そんなことないよ。佐野くんの味がするよ」

「僕の味……」

「そう……あの……頬張ってみて、いいかな」

「もちろん」

「じゃあ、頬張るね……」

と、断りを入れて、陽菜が唇を開いた。鎌首をぱくっと咥えてくる。

陽菜の口の粘膜に鎌首が包まれる。

「あっ、ああ……」

咥えられただけで、裕太はさらに腰をくなくなさせる。

陽菜は鎌首を咥えた状態で、どうしたらいいの、という目で見あげている。

「吸ってみて」

と言うと、陽菜が頬をへこめて、じゅるっと吸ってくる。

「あっ、それっ……」

たまらない。陽菜は新しいおもちゃを与えられたみたいに、しつこく鎌首を吸ってくる。

「あ、あんっ……」

気持ちよすぎて、裕太は女の子のような声をあげる。

これ以上、吸われたら、出してしまいそうだが、やめろ、とは言えない。

こんな気持ちいいことを、こっちから終わりにするなんて無理だった。

陽菜はさらに胴体まで咥えてきた。

「ああっ、三島さんっ」

「う、うんっ、うう……」

苦しそうな表情を見せつつも、根元まで咥えた。そしてそのまま、吸ってくる。

「ああっ、それ、だめっ」

出そうだっ、まずいっ、と裕太は腰を引こうとする。すると、陽菜が裕太の腰に両手をまわしてきた。がっちり押さえて、美貌を上下させてくる。

「あ、ああっ、出るよっ、ああ、出るよっ、三島さんっ」

「うんっ、うっんっ……うんっ」

出そうだと言えば顔を引くかと思ったが、逆だった。陽菜はさらに激しく吸ってきた。

「ああ、ああっ、出るっ」

と叫び、裕太は射精させた。陽菜の喉に向かって、ザーメンが噴射する。

「うっ、うう……」

噴射した瞬間、陽菜の顔の上下動が止まった。が、すぐにまた動きはじめた。

「あ、あああっ、ああっ」

脈動するペニスをさらに吸われ、裕太は声をあげつづける。

ようやく、脈動が鎮まった。が、陽菜は唇を引かない。

「三島さん……」

やっと唇を引いた。鎌首が唇から抜けると、どろりとザーメンが垂れてきた。

あっ、と陽菜が両手を出して、手のひらで掬った。下は洗い場だから、そのまま垂らしてもよかったのに……。

「その辺に、ぺっと吐いて、三島さん」

洗い場のいいところは、そのまま流せばいい。

「はやく……」

陽菜は唇を閉じたまま、裕太を見あげる。なかなか吐かない。

まさか、飲むのかっ。

陽菜が見あげたまま、ごくんと喉を動かした。

「ああっ、陽菜さんっ」

ザーメンをごっくんされて、はじめて名前で呼んでいた。

陽菜は唇を開き、ピンクになった粘膜を見せると、

「おいしかった……」

と言った。

そして、手のひらに垂れているザーメンもぺろりと舐め取っていった。

第六章　処女の花びら

1

「陽菜さんっ」

裕太はその場にしゃがむと、陽菜を抱き寄せ、キスしようとした。

すると、陽菜が顔を引いた。

えっ、キスはいやなのっ。

「ザーメンの味がするよ……ファーストキスがザーメンの味って……」

「そ、そうだね……」

とためらったが、陽菜とキスしたい気持ちが勝った。

「好きだよっ。僕も好きだよっ」

と叫ぶと、陽菜にキスしていった。えっ、と陽菜が口を引こうとしたが、そのまま、舌を入れていく。ザーメンの味はしなかった。というか、ザーメンの味がどんなものかわらなかったが……。

とにかく、甘い味がした。陽菜の唾液の味だ。

舌をからめようとしても、陽菜は舌を引く。

「甘いよ。陽菜さんとのキスの味は甘いよ」

と言うと、好きっ、と陽菜のほうから唇を押しつけてきた。今度は陽菜から舌をからめてくる。

「うんっ、うっんっ……」

お互い貪るようなキスになる。唇を引くと、

「ああ、キスって、気持ちいいものなんだね」

と、陽菜が言った。

「はじめて？」

うん、と陽菜はうなずく。

「うれしいよ、陽菜さんのファーストキスの相手で」

「あっ……」

と、陽菜が声をあげる。

「どうしたの」

なにかまずいこと言ったか……。

「おち×ぽのほうに先にキスしてしまったよ。ファーストキスはおち×ぽだよ」

「そうだね……」

「もっと、おち×ぽにキスしていいかな」

はにかむような顔で、陽菜がそう聞く。

「いいよ。たくさんキスして」

と言うと、裕太は立ちあがった。ペニスは七分勃ちまで戻っていた。

「たくさん出したけど、小さくならないね」

「陽菜さんとのキスで……興奮したから……」

「うれしい」

と、陽菜が七分勃ちのペニスに頬ずりしてくる。

「ああ、陽菜さん……」

中学時代、おかっぱ頭で地味だったメガネっ娘が、俺のち×ぽに顔を押しつけている。

中学時代を知っているだけに、裕太はより昂っていた。頬ずりされつつ、ぐぐっ、ぐぐっと力を帯びてくる。

「ああ、すごいよ。もう、こんなに……」

陽菜が感嘆の声をあげ、またしゃぶりついてきた。

鎌首を咥え、胴体まで呑みこんでくる。

「ああ……陽菜さん……」

裕太は腰をくなくなさせる。

俺ばっかり気持ちよくなってもだめだ。陽菜も気持ちよくさせないと。それになにより、処女のあそこを見たい。三島陽菜の花びらを見たいっ。

裕太は腰を引いた。

「えっ……痛かった？」

「今度は、僕が陽菜さんを舐めてあげるよ」

「えっ……私を舐めるって……」

立って、と裕太は陽菜の腕をつかみ、ぐいっと引きあげる。ちゅっとキスすると、裕太がしゃがむ。

すうっと通った処女の割れ目が迫ってくる。

「きれいな割れ目だね」

思わず、感想を口にする。すると、見ないで、と陽菜が両手で割れ目を隠してくる。

「見せて、陽菜さん。見たいんだ」

「わかった……私も裕太くんのおち×ぽ見たしね」

「そうだよ」

陽菜が両手を脇にやった。再び、花唇があらわれる。それはぴっちりと閉じている。裕太はそこに顔を埋めていく。

「あっ、くさいよ……ああ、洗ってからしにして……」

裕太はそれには答えず、ぐりぐりと顔面を陽菜の恥部にこすりつけていく。

蒼い匂いがした。が、そこは二十七才の女性だ。処女とはいっても、おんなになっていた。ただ蒼いだけではなくて、甘い匂いも混じっていた。

「だめだよ……」

と、陽菜が裕太の頭をつかみ、押しやろうとした。裕太はクリトリスをぞろりと舐めた。すると、

「あっ……」

と、陽菜が敏感な反応を見せた。処女とはいえ、ここは急所なのだ。

裕太は金鉱を見つけたように、クリトリスをぺろぺろと舐めていく。

「あっ、はあっ……あんっ……」

押しやろうとしていた手が、ただ置かれるだけとなる。

裕太はクリトリスを摘まみ、優しくころがしながら、閉じたままの割れ目を上下に舐めはじめる。

「ああ、ああ……恥ずかしいよ……ああ、そんなとこ、だめだよ……」

陽菜が中腰になり、腰を引いていく。裕太は舌で割れ目を追いかける。そして指を添えると、開いていった。裕太の前で、桜が咲いた。

「おうっ、すごいっ」

と、裕太は感嘆の声をあげる。

「恥ずかしいようっ」

陽菜はますます膝を曲げていく。両手で恥部を隠したそうにしているが、懸命に羞恥に耐えている。

裕太はさらに割れ目を開く。

これが処女の花びらか。中学生の頃は、高梨美貴も長月瑠美もこんな清廉な花びらを持っていたのか。

「ああ、臭うでしょうっ」

「匂うよ」

思わず、そう答える。

「いやっ、嗅がないでっ」

陽菜はくさいと勘違いしたようで、強く裕太を押した。処女の花びらに夢中になっていた裕太は不意をつかれ、あっ、と倒れる。ごつんと湯船で後頭部を打った。

「あっ、ごめんなさいっ」

陽菜があわててしゃがみこみ、裕太の顔を心配そうにのぞきこんでくる。

裕太は陽菜の裸体をぐっと抱きしめ、キスをする。

すると、陽菜が舌を入れて、積極的にからめてくる。たわわな乳房をぐりぐりと、裕太に押しつけてくる。

乳首が押しつぶされるのが感じるのか、はあっ、と火の息を吹きかけてくる。

「匂うって、いい匂いってことだよ」

「うそ……湯船に浸かります」

立ちあがると、陽菜が湯船に足を伸ばす。すると裕太の目の前に、剝き出しの割れ目が迫る。

裕太は手を伸ばし、割れ目を開いた。

「だめっ」

ピュアなピンク色だった花びらが、少し赤く色づきはじめていた。と同時に、じわっと愛液もにじみはじめていた。

それを、裕太はぺろりと舐めていた。

「ひいっ」

と、甲高い声をあげ、陽菜は片足を湯船の縁に乗せた状態で、裸体を震わせる。

陽菜の愛液は甘酸っぱかった。中学生の味がした。

裕太はぺろぺろ、ぺろぺろとしつこく舐めていく。

「あっ、だめ……だめだよ……汚いよ……ああ、だめだよ」

だめ、と言いつつも、陽菜は片足あげの形のままでいる。

舐めていると、味が変わってきた。甘さが濃くなってきている。処女とはいえ、大人の女の花びらだった。

顔を引くと、陽菜は湯船に入った。ざぶざぶと顔を洗う。

「どうしたの」

「だって、なんか……いろいろなんか……」

と言って、また、ざぶさぶと顔を洗う。その仕草がかわいい。

裕太も湯船に入ると、陽菜の背後にまわり、抱き寄せた。勃起したペニスが陽菜の尻と裕太の股間で挟まれる。

裕太は両手を伸ばし、陽菜の乳房をつかむ。やわやわと揉んでいく。

「はあっ、ああ……」

「ちょっとは落ち着いたかな」

「えっ……おち×ぽ当たってて、おっぱい揉まれて……落ち着くわけないでしょうっ」

「そうか……」

と言いつつ、なおも裕太は陽菜の乳房を揉みつづける。この時間が、なんかとても幸せだった。ペニスは勃起しつづけていたが、裕太のほうは落ち着いていた。

こんな時間が、ずっと続けばいいな、と陽菜の乳房を揉みつつ思った。

「あの……明日も来ていいかな」

と、裕太は聞いていた。

「いいよ。助かるわ……雑草は減るし……」

「雑草が減るだけ？」

「ううん。こうして、おっぱい揉んでくれるし……」

「明日だけじゃなくて、明後日(あさって)もいいかな」

「いいよ……ずっとずっといいよ……」

「ペンションの宿泊代が続くかな」

「うちに来れば……」

と、陽菜が言う。

「えっ……」

思わず、ぎゅっと乳房をつかむ。痛い、と陽菜が言い、ごめんと手をゆるめる。

「今、なんて言ったの？」

「知らない……」

裕太は立ちあがり、湯船から出ると、再び向かい合う形で湯船に浸かった。

「なんて言ったの」

「さあね……」

陽菜は視線をそらす。裕太は陽菜にキスしていく。陽菜は舌をからめつつ、ペニスをつかんできた。

2

「入れて……」

　と、陽菜が言った。

「いいの？」

「うん……」

　陽菜がうなずく。

「じゃあ、風呂から出る？」

「ううん。ここで、入れて……」

「はじめてが、お風呂でいいの？」

「ベッドだとなんかあらたまるでしょう……もう、あらたまる年じゃないし……今なら、いけそうだし……」

　陽菜がペニスをしごきつつ、そう言う。

「わかった」

　裕太は湯船に背中を預け、腰を突きあげていく。勃起したペニスがお湯から出る。

「跨ってきて」

「えっ……」

「そのほうが、いいと思うよ」

湯船の中では、いちばん繋がりやすい形だと思ったのだ。

「わかった……」

陽菜はペニスを握ったまま起きあがる。そして白い太腿を開いて、跨ってきた。

「ああ、なんか、すごいかっこうだね……まさか、初体験がこんなかっこうになるなんて……」

「ベッドに行こうか」

「ううん。これがいい。自分で入れる。自分で女になる」

陽菜がペニスをつかんだまま、腰を落としてくる。裕太は割れ目に鎌首が触れるのをじっと見ている。相手主導だから、見ることに集中できている。

「ああ、いくよ……」

陽菜が腰を落とす。が、鎌首は割れ目にめりこまず、はずれる。

「あっ……」

陽菜がもう一度トライする。が、はじめてだからか、うまくはまらない。

裕太は動かなかった。割れ目を何度も鎌首がこすれる刺激に、腰をくなくなさせている。

「動かないでっ」

「ごめん……」

陽菜は真剣に的を狙っている。みたび腰を落とす。すると、鎌首がめりこんだ。

「あうっ、入ったっ……ああ、い、痛いっ」

体重がかかっているせいか、一気にずぶりとペニスが入っていった。

「う、うんっ」

裕太は処女膜を一瞬で突き破っていた。一瞬すぎて、わからなかったが、強烈な締めつけにあい、うなる。

「あ、ああ……痛い……」

陽菜の眉間（みけん）に深い縦皺（たてじわ）が刻まれる。痛がってはいたが、腰を引きあげることはない。むしろ、さらに呑みこんでくる。

「あうっ、うんっ」

ぴたっと恥丘が裕太の股間にくっついた。裕太のペニスは見えなくなった。

「全部、入ったよ」

「ああ、わかるよ……陽菜の穴……裕太くんのおち×ぽでいっぱいだよ」

陽菜はまだつらそうな表情を浮かべている。

繋がったまま、どちらも動かない。が、それでよかった。充分だった。

「感じるの……ああ、身体の中から……ああ、裕太くんを感じるの……ああ、これがエッチってことなのね……これがいいのね」

「僕も陽菜さんを感じるよ。すごく締めているよ」

「えっ、そうなの……わからないけど、締めているのね……気持ちいいのかな」

「気持ちいいよ。入れているだけで、気持ちいいよ」

「ああ、私はまだ……痛いかな……痛いけど……なんかいいの……痛いのがいいんじゃなくて、痛いけど……ああ、おち×ぽが入っているのがいいの」

ふたりはずっと動かない。表面上は動いていないが、中では陽菜の媚肉は動いていた。きゅきゅっ、きゅきゅっと締めてくる。

「ううっ……」

裕太がうなると、

「裕太くんも痛いの？」

と心配している。

「いや、逆だよ」

「逆……いいなあ……陽菜もはやく、逆になりたいよ」

裕太はゆっくりと突きあげていった。

「う、ううっ……」

「痛い？」

裕太は動きを止める。

「止めないで……痛いけど……動くのがいいの……おち×ぽが陽菜の中で、動くのがいいの」

動いてと言われ、裕太は突きあげを再開する。とはいっても、ゆっくりだ。

「あう……うう……ああ、裕太くん、おっぱい……揉んでほしいな」

「ご、ごめん……」

そうか。おっぱいは感じるのだ。いっしょに責めればいいのだ。

美沙子先生、瑠美、美貴とエッチしてきたが、みな女性主導だった。だから、相手に委ねていればよかったのだ。思えばはじめて、裕太主導のエッチだった。

もしかしたら、これこそが初体験かもしれない。男になるということかもしれない。

裕太は手を伸ばすと、たっぷりと実った乳房を掬うようにつかんでいった。

「あんっ……」

乳首を潰されるのが感じるのか、陽菜が甘い喘ぎを洩らす。

そうだ、おっぱいだっ、と裕太はふたつのふくらみを揉みしだいていく。

「あ、ああっ……はあっ、あんっ……」

眉間の縦皺が、痛いだけの縦皺ではなくなっていく。

陽菜が喘ぐたび、おま×こがさらに締まってくる。陽菜が感じてくれているのはよかったが、締めつけがきつく、気が抜けない。

「ああ、クリも……いいかな……」

陽菜が恥じらいつつも、そう言う。

クリだっ。クリを忘れていたっ。

処女の陽菜と繋がったことで、裕太は感動しまくり、急所を責めることを忘れていた。右の乳房から手を引くと、繋がっている股間に向けていく。

「ちょっとだけ、浮かせて」

と言うと、うん、とうなずき、陽菜が恥部をあげていく。すると、割れ目からペニスがあらわれる。それは陽菜の愛液まみれとなっている。

「入っているねっ。ち×ぽ、おま×こに入っているねっ」

「ああ、恥ずかしいよ。見ないでっ」

とまた、ぴたっと恥丘を押しつける。そして、自分からクリトリスを裕太の股間にこすりつけはじめる。

「あっ、ああっ……」

陽菜の裸体がひくひくと動く。裕太は右手をあげて、陽菜の左の乳首を摘まみ、ひねっていく。

「あうっ、うんっ……右も……」

と、陽菜が言い、裕太は右の乳首も摘まみ、軽くひねる。

「ああっ、ああっ……三ついっしょっ、ああ、おま×こも入れて……ああ、四ついっしょっ」

クリトリスを押しつぶしつつ、陽菜が火の息を吐きはじめる。三点責めに、快感が痛みを消し去っているようだった。

裕太はあらためて、突きあげた。

「あうっ、うんっ」

たわわな乳房がゆったりと揺れる。

裕太は突きあげつつ、クリトリスを摘まむと、いじっていく。

「ああっ、いいっ」

と、陽菜がはじめて喜びの声をあげる。ここだっ、とクリトリスをころがしていく。

「ああ、ああっ……ああっ……」

締まりはかなりきつい。一撃一撃が削りあげるようだ。

二発目だから、ぎりぎり射精を耐えられている状態だった。

「ああ……」

陽菜が抱きついてきた。ぴたっと合わさり、唇を押しつけてくる。突きあげると、火の息が吹きこまれてくる。

ぴちゃぴちゃとお湯の音がする。

陽菜は舌をからめつつ、強く乳房を胸板に押しつけてくる。密着度がすごい。汗の匂いが濃く薫ってくる。

「ああ、ずっと入れたままでいて……ああ、ずっと裕太くんのおち×ぽ感じていたいの」

裕太は腰を突きあげる。

「あうっ、いいっ」

陽菜が上体を起こして、反らせていく。裕太はクリトリスをいじりつつ、突きの勢いをつけていく。

「あああ、あああっ……すごいっ、ああ、裕太くん、すごいのねっ」

クラスメートからすごいと言われ、裕太はさらに昂る。もっとすごいと言われたい、と力強く突きあげていく。

「ああっ……気持ちいいよっ、ああ、裕太くんのおち×ぽ、気持ちいいよっ」

「ああ、僕も気持ちいいよっ、ああ、陽菜さんのおま×こ、気持ちいいよっ」

「ああ、出してっ、ああ、今度は、お口じゃなくて……ああ、陽菜のおま×こに出してっ」

媚肉がくださいと、強烈に締めてくる。

「あ、ああっ、出そうだよっ」

「出してっ。来て、来てっ」

「あ、ああっ、出るよっ」

おうっ、と吠えて、裕太は二発目を放った。今度は陽菜の口ではなく、子宮にぶっかけていった。

「い、いく……」

と、短く叫び、陽菜ががくがくと痙攣させた。

陽菜をいかせたっ、と思うと、さらに噴射に勢いがついた。どくどくと大量のザーメンが噴き出していく。

「あっ……また、いく……」

陽菜はいまわの声をあげて、ぐぐっと背中を反らせた。上向きになった乳房がなんともエロ美しかった。

しばらく背中を反らせたままでいたが、脈動が終わると、突っ伏してきた。

「ああ、いっちゃった……はじめてでいくなんて……びっくりだよ」

「そうだね。いかせたよ」

どちらからともなく唇を寄せて、気持ちよかったことを伝えるように、舌をからませていった。

そして、陽菜が腰をあげていく。鎌首の形に開いた割れ目から、ザーメンがあふれ出る。あちこちに、鮮血が混じっていた。

それを見て、裕太はあらためて、陽菜の処女膜を突き破ったんだ、と思った。

3

「えっ、帰らないの？」

「ごめん。陽菜さんの……いや、三島さんのところに泊まるから」

裕太は瑠美に、今夜は帰らない、と電話をしていた。

寝室のベッドの上だ。陽菜は裕太の股間に顔を埋めていた。

「したのね」

と、瑠美が聞く。

「そ、そうかもね……」

「わかった。今、陽菜、フェラしてるでしょう」

「えっ、どうしてわかるのっ」

「やっぱりね」

鎌をかけられ、素直に応じてしまっていた。

「ああ、大きくなった」

と、陽菜が言う。瑠美にもろ聞こえだ。

「大きくなったらしいよ。何度出したの？」

「えっ、いや、その……」

裕太も陽菜も裸だった。陽菜の唾液まみれのペニスは見事な反り返りを見せていた。陽菜にしゃぶられながら瑠美としゃべっているうちに、スリリングな刺激に感じてしまったのだ。

陽菜が起きあがり、白い太腿を開いて、裕太の股間に跨ってきた。風呂場で処女を卒業したばかりなのに、大胆だ。そこはもう二十七才の大人の女だった。

というか、二十七才で童貞を卒業した裕太と同じように、エッチに覚醒したのか。

ペニスをつかみ、腰を落としていく。先端が割れ目に触れた。

「あっ……」

「えっ、なにしてるのっ。もしかして、繋がっているのっ」

瑠美が驚きの声をあげるなか、陽菜がずぶりと呑みこんできた。

「あうっ、うんっ」

と、陽菜が火の喘ぎを洩らす。

「えっ、今の陽菜の声？　ああ、なんかエッチだね」

電話の向こうで瑠美も昂りはじめている。声がねっとりとからむようになっている。

さらに陽菜がペニスを咥えこんでくる。今度は裕太が、

「あっ」

と、声をあげてしまう。そして、それに重なるように、

「はあっんっ」

と、陽菜も声をあげる。

「うそっ、本当に繋がったのね。どんな形なの？」

瑠美の甘い声が、耳から脳へと浸透してくる。なんか、陽菜と瑠美のふたりとエッチしている錯覚を感じる。

「なにもしてないよ……あ、ああっ」

「陽菜のおま×こに、ああ、裕太くんのおち×ぽ、入っているのね」

瑠美の甘くかすれた声が、裕太の脳を侵してくる。

「ああ、騎乗位で……ああ、陽菜さんが腰を振っているんだ」

と、裕太は瑠美に告げる。

「えっ、うそっ……陽菜が騎乗位……」

完全に咥えこんだ陽菜が腰をうねらせはじめる。慣れない動きだったが、ち×ぽを貪る気持ちは伝わってくる。

「あ、ああ……ああ……」

陽菜が火の喘ぎを洩らしはじめる。

「うう……うう……」

「えっ、しているのねっ。ああ、なんか興奮するよね」

「そうだね、興奮する。瑠美さんとしている気がする」

と、裕太は言う。

「あ、ああっ……おち×ぽ、大きくなった……ああ、すごく硬い……ああ、奥までいっぱいなのっ」

瑠美に聞かせるためか、陽菜が大きな声でそう言う。

「ああ、欲しいな。ああ、瑠美もおち×ぽ、欲しいな」

と、瑠美のセクシーな声が、耳から入って裕太の脳髄をくすぐってくる。

「入れてあげるよ、瑠美さん」

陽菜と繋がっている前で、裕太はそう言う。すると、陽菜が甘くにらんできた。

そして、きゅっとち×ぽを締めてくる。

「ううっ」

「どうしたの」

「陽菜さんがおま×こを締めたんだ」

「ああ、わたしたくないのね……陽菜、そんな女子だったっけ……ああ、うしろからがいいな。バックで入れて」

と、瑠美がねっとりとからむように囁きかけてくる。陽菜はじかにち×ぽを刺激していたが、瑠美は声だけで刺激していた。

「突いて、裕太くん」

と、陽菜が言う。裕太は腰を突きあげていく。いきなり先端が子宮をたたいた。

「あうっ……もっとっ」

と、陽菜が声をあげる。

裕太は激しく腰を上下させていく。

「う、ううっ……」

陽菜がちょっと痛そうな顔をした。

「痛いかい」

と、裕太は動きを止める。

「だめっ、やめないでっ、がんがん突いてっ」

と、陽菜が叫ぶ。完全に、瑠美を意識していた。

「すごいね、陽菜。だって、処女だったでしょう」

「処女だったよ」

と、陽菜にも聞かせるように答える。するとまた、陽菜のおま×こが締まる。

陽菜はおま×こで会話に参加している感じだ。

「ああ、瑠美も欲しいよ。バックで突いて」

「裸になったら、突いてあげるよ」

と、我ながら名言を口にする。

「ああ、いいわ……脱ぐわ……そもそも、キャミソールだけだけど……」

メールが瑠美から来た。開くと、いきなり首から下のダイナマイトボディが画面いっぱいにあらわれた。

「おうっ」

思わず、うなっていた。

「あんっ……裸の画像、送ってきたのね」

陽菜が見たようにそう言う。

「どうしてわかるのっ」

「だって、瑠美、いい身体しているでしょう。見せつけたいのよ。でもだめ、このおち×ぽは今、陽菜のものなの。陽菜に入っているの」

そう言うと、陽菜が股間を上下させはじめた。が、まだ痛むのか、ううっ、とうめいて動きを止める。

「大丈夫？」

「痛いのね」

と、瑠美も聞いてくる。電話の向こうは全裸だと思うと、ますます3P感があがる。

「大丈夫……ああ、瑠美じゃなくて、陽菜を突いて、裕太くんっ」

と、陽菜がなじるようににらんでくる。それでいて、電話を切れとは言わない。

瑠美には聞かせたいのか。

裕太は腰を動かしはじめる。すでに大量の愛液があふれて、潤滑油の役目を果たし、痛みを軽減させていた。

「あああっ、いいっ」

と、陽菜が歓喜の声をあげた。

「うそっ、今の陽菜の声っ」

と、瑠美が驚きの声をあげる。

「そうだね。陽菜さんの声だね」

「いい、いいっ、ああ、裕太くんっ」

陽菜の声も、甘くからんでくる。

「瑠美も泣きたい。瑠美も突いて」

と、瑠美の声もからんでくる。その声を聞くと、ペニスがひくつく。

「あっ、今、動いたっ。瑠美がエッチな声、聞かせているのねっ」

「突いてっ、裕太くんっ、瑠美、今、四つん這いだよ。裕太くんに、お尻を突き出しているよっ」

瑠美が四つん這いでヒップを突き出している恥態が、裕太の脳裏に浮かぶ。

「あっ、また大きくなったっ。瑠美とどんな形でしてるのっ、裕太くんっ」

と、陽菜が頬をふくらませ、にらみつけてくる。

「バックだよ。今から、バックで入れるよ」

と言うと、だめっ、と陽菜が激しく腰を上下させた。

「あ、ああっ」

ち×ぽがきつきつのおま×こで上下にこすりあげられ、裕太はうめく。

「だめっ、瑠美に入れてはだめっ」

リアルに瑠美に入れることはできないのに、陽菜はそう叫んで、さらに激しく腰を上下させる。

「あ、ああっ、ああっ、陽菜さんっ」

裕太ははやくも、陽菜の腰の動きに翻弄(ほんろう)されていた。

「気持ちいいよっ、陽菜さんっ」

「ねえ、瑠美にもはやく入れてっ」

と、耳から瑠美が誘ってくる。瑠美のセクシーボイスは股間にびんびん来る。

「入れるよっ、瑠美さんっ」

裕太は陽菜と繋がっているのに、思わずそう言ってしまう。

「だめっ、裕太くんのおち×ぽは陽菜だけっ」

陽菜が上体を倒し、裕太の胸板に手を置くと、下半身だけを激しく上下させてきた。

「えっ、杭打ちエッチっ」

裕太は思わず叫んでしまう。

「杭打ちって、なにっ」

と、陽菜が腰から下を激しくぶつけつつ、聞いてくる。

「あ、ああっ、いい、いいっ……たまらないよっ、陽菜さんっ」

陽菜は裕太のち×ぽを独占したい一心で、自然と杭打ちのかっこうになったようだ。独占もなにも、ここには瑠美はいないのに。

「瑠美にも入れてっ」

「あああっ、陽菜さんっ」

もう、瑠美の声が聞こえない。処女を失ったばかりのきつきつおま×この激しい上下動に、裕太は翻弄されていた。

「突いてっ、裕太くんっ」

と、陽菜が命じる。

「はいっ」

と、反射的に返事をして、裕太は思いっきり突きあげた。

「ひいっ……」

「なに、なにっ」

瑠美が驚きの声をあげるなか、裕太も、

「おう、おうっ」

と吠えて射精させた。

「いく、いくいくっ」

陽菜のいまわの声が、瑠美の耳にも届いていた。

4

翌朝。裕太は早起きして、陽菜といっしょに、その日に配達する野菜の収穫を手伝った。早起きは苦手だったが、陽菜と働くと思うと、自然と目が覚めた。早朝からひと仕事すると、とても気分がよかった。

「野菜、お届けに来ました」

と、瑠美のペンションの勝手口を開いて、陽菜が声をかける。

瑠美はキッチンにいた。

「おはよう」

いつもと変わらぬ笑顔で瑠美は陽菜に挨拶して、背後に立つ裕太にも挨拶する。

「お、おはよう……」

陽菜と瑠美はなにごともなかったように、笑顔でしゃべっている。昨晩の疑似３Ｐが幻のように思えた。

「今日、チェックアウトするから」

「わかった。ありがとう」

と、瑠美が頭を下げる。

「い、いや、こちらこそ、いろいろありがとう」

「あなたたち、これからしばらく同棲（どうせい）するのね」

と、瑠美が聞く。

「ど、同棲っ……えっ、そうなのっ」

「いっしょに住むんだから、同棲でしょう」

と、瑠美が言い、そうね、と陽菜もうなずく。

同棲っ。この俺が、陽菜と同棲っ。

確かに、結婚もしていないのに、いっしょに住むのは、同棲ということになる。

が、裕太にはそんな意識はまったくなかった。

「変な、裕太くん」

と、陽菜と瑠美がいっしょに、不思議そうな目で見つめていた。

美貴の定食屋にも配達する。

「あら、今日も裕太くん、農園の手伝いに行くのかしら」

野菜を受け取りつつ、美貴が聞く。

「ううん。今日は農園からいっしょに来たの」

と、陽菜が言い、えっ、と美貴が目を見張り、なるほど、といった顔になる。

「ど、同棲しているんだ」

と、裕太は言った。同棲という言葉を美貴相手に使った瞬間、勃起させていた。

「エッチね……」

と、美貴が言い、そんなんじゃないから、と陽菜が言う。

配達を終えると、陽菜は農園とは逆方向に車を向ける。

「どこに行くの」

「お客さんじゃないから、農作業の服を買おうと思って」

まっすぐ前を見つめ、陽菜がそう言う。

「そ、そうだね……買ったほうがいいね」

お客さんじゃない。同棲。エッチね……エッチ……同棲、エッチだっ。

まさか俺の人生にこんなときが来るとは思わなかった。

「どうしたの」

「い、いや……」

「同棲解消するかしら」

「しないっ、解消しないっ」

裕太は思わず叫ぶ。すると、うふふ、と陽菜が笑う。

「やっぱり、中学のときと変わらないね」

「そうかもね……」

ホームセンターに着いた。車を降りると、陽菜が手を繋いでくる。

えっ、いいのっ。いいか。陽菜も俺も独り身か。

陽菜は五本の指を、裕太の五本の指にからめてくる。そして、いっしょにホームセンターに向かう。

これって、デートじゃないか。ホームセンターでデート。かっこ悪くないか。

いや違う、いっしょに住むような仲だから、ホームセンターなんだっ。同棲なんだっ。

衣服コーナーに向かう。

「暑いけど、やっぱり長袖がいいよね。ズボンはこのだぼっとしたのがいいよ」

と言って、陽菜が選ぶ。裕太はそうだね、とうなずくだけだ。裕太のために服を選んでいる陽菜を、感激の目で見つめるだけだ。

彼女が俺のために服を選んでいる。ああ、幸せだっ。

長袖シャツ、Tシャツ、だぼっとしたズボンを籠に入れると、陽菜は奥へと入る。下着売場だ。

カップルで下着売場。やっている仲だ、とまわりに言っているようなものじゃないか。

「これ、どうかな」

と、黒のブリーフが入った箱を手にする。

「それ、Tバックじゃないかっ」

「だめかな」

「い、いや……陽菜さんがそれが好きなら……ぼ、僕、穿くよ」

陽菜はうふふと笑い、

「これがいいかな」

と、普通のブリーフを手に取る。どうやら、からかわれただけのようだ。

5

三島農園に戻ると、さっそく着がえて作業をはじめた。

今日は雑草取りではなく、野菜の細かい手入れだった。ひとつひとつ、陽菜はていねいに教えてくれる。

雑草取りではなくても、長袖にズボン姿は暑い。ずっと日に当たっている状態だ。すぐに、陽菜から甘い汗の匂いが薫ってくる。

その匂いを嗅ぐと、農園にいるんだな、と思う。この匂いを嗅げるのは、ともに農作業をやっている者だけの特権だ。

「なに、にやにやしているの」

と、説明していた陽菜が怪訝(けげん)な顔をする。

「えっ、今、にやついてたの？」

うん、と陽菜がうなずく。

「楽しいな、と思って」

「楽しい……暑いだけでしょう」

「陽菜さんの汗の匂いを嗅げる特権があるから」

「えっ、もう、くさいっ？」

と、陽菜が長袖の腕をあげて、腋の下に鼻を持っていく。

「くさくなんかないよ。いい匂いだよ」

「なんか、ヘンタイっぽいね……」

と、陽菜が軽蔑したように見る。

まずかったかっ。なんか、ハッピーで調子に乗りすぎたのかっ。

「い、いや……その……」

裕太はあせった。ここで嫌われたくない。

「ヘンタイっぽい、裕太くんも好きよ」

と言って、陽菜がちゅっとキスしてきた。

「陽菜さんっ」

裕太は陽菜を抱き寄せていた。しっかりとキスをする。農園の真ん中でからめる舌はまた格別だった。

「もう……一度きりよ……作業が進まないでしょう」

自分からキスをしかけておいて、陽菜がそう言う。

「もう一度だけ」

と言って、裕太は唇を押しつけていく。すると陽菜は、唇を開いて応えた。


午前中の農作業を終えると、裕太は縁側に座った。

「暑いでしょう。脱いでいて……」

と言って、陽菜は台所に消えていく。裕太は長袖のシャツにTシャツを脱ぎ、だぼズボンも脱ぎ、ブリーフだけになった。ブリーフも汗を吸っている。

タオルで汗を拭いていると、陽菜が麦茶の入ったボトルとグラスを二個持ってあらわれた。

その姿を見て、裕太は目を見張った。

全裸だったのだ。

「陽菜さん……」

「そんなに見ないで……恥ずかしいでしょう」

自分から素っ裸を見せながら、陽菜は恥じらっている。鎖骨や乳房、太腿に汗がにじんでいる。

一歩歩くたびに、たわわな乳房がゆったりと揺れて、裕太は目を離せなかった。

「ひとりで作業していたときは、お昼の休憩はいつも裸だったの……」

グラスに麦茶を注ぎつつ、陽菜がそう言う。

「えっ、そうだったのっ」

「だって、すごく暑いでしょう。汗、拭いても拭いても、きりがないし。あるとき脱いでみたら、すごく気持ちよかったの。なんか、解放された気分になったの。ひとりだから、いいでしょう。見る人はいないし」

「今はいるよ」

「そうだね……すごく恥ずかしくて、なんかかえって暑くなったの」

麦茶を注いだグラスをわたし、陽菜はタオルで乳房に浮いた汗の雫を拭い、右手の腕をあげると、腋の下の汗も拭う。

裕太は麦茶を飲むのも忘れて、陽菜の裸体に見入っている。

「陽菜さんって、裸族なの？」

「どうかな。お昼休みのときだけだよ。裕太くんも脱いでよ。きっと気持ちいいよ」

「そ、そうだね……」

裕太だけ、ブリーフを穿いているのが変に感じた。立ちあがり、ブリーフを下げていく。すると、弾けるようにペニスがあらわれた。

「もう、こんなにさせて、ヘンタイくんね」

と言って、陽菜が先端にちゅっとキスしてくる。

「あっ……陽菜さん……」

裕太は腰を震わせる。陽菜の鼻先で、ペニスがぐぐっと反っていく。

「すごいっ」

陽菜は首を差しのべると、ぱくっと先端を咥えてきた。

「あっ、くさいよ……」

陽菜が唇を引く。

「汗っぽかった」

と言う。

「じゃあ、僕もっ」

裕太は膝をつくなり、あらたな汗の雫を浮かせた乳房に顔を埋めていった。

「あっ、だめよ……」

裕太の顔面が、陽菜の汗の匂いに包まれる。濃厚な匂いだ。

陽菜の乳首を顔面に感じた。口を移動させ、乳首を含み、じゅるっと吸う。

「ああっ、だめよ……午後から仕事よ……」

陽菜の汗の匂いが裕太を異常に興奮させていた。

裕太は顔をあげると、もう片方の乳首に吸いついていく。と同時に、恥部に手を向けていく。なにせ、全裸なのだ。口や手を伸ばせば、急所に触れられる。

クリトリスを摘まみ、ころがしていく。

「あっ、あんっ、だめって言っているでしょうっ」

と言いつつ、陽菜が反撃に出た。裕太のペニスをつかみ、しごきはじめたのだ。それだけではなく、もう片方の手のひらで鎌首を撫ではじめた。

「あっ、あんっ」

裕太は乳房から顔を引いて喘ぐ。

「ご飯にするよ。午後からも仕事なんだから」

裕太はその場に、陽菜を押し倒した。ぐっと両足を開き、股間に顔を埋めていく。クリトリスを口に含むと、吸っていく。

「はあっ、あんっ」

陽菜が敏感な反応を見せた。はやくも、がくがくと腰を震わせる。

なぜか、昼休憩のエッチは興奮した。この時間は、ランチタイムでエッチの時間ではない。でも、そうだからこそ、陽菜の股間に顔を埋めて、クリトリスを吸っている自分に昂った。

頭も股間もかっかと燃えている。それは、陽菜も同じようだ。

割れ目を開くと、むっと牝の匂いが薫ってきた。もちろん、花びらは大量の愛液まみれとなっている。裕太はそれをぺろぺろと舐めていく。

「あっ、ああっ、だめよ……仕事があるの……ああ、じゃあ、入れていいわ……すぐに出して、終わらせて」

陽菜が甘くかすれた声でそう言う。

「わかったよ。すぐに出すから」

と言って、裕太は顔を起こすと、ずぶりと突き刺していった。一気に奥まで貫くと、すぐさま激しく突いていく。

「あっ、あああっ、だめよっ……すぐに出したら、だめだからっ」

と、まったく逆のことを、陽菜が言う。

「すぐに出して、終わらせたほうがいいんだよね」

「だめっ、勝手に終わっちゃ、だめっ……ああっ、いい、おち×ぽいいのっ」

陽菜のよがり声が、縁側から農園へと流れていく。

昼休みの縁側でのエッチは、血が躍る。

「ああ、すごく締めてるよっ、陽菜さんっ」

「ああ、ああっ、すぐはだめよっ……ああ、ああっ、いい、いいっ」

突くたびに、たわわな乳房が前後に揺れる。乳首はとがり、震えている。

全身からあらたな汗が噴き出してくる。責めている裕太も汗まみれだ。

「ああ、出るよっ」

「えっ、まだだめっ、だめだよっ」

「ああ、気持ちいいよっ。ああ、出るっ」

おうっ、と吠えて、裕太は射精させた。どくどくと勢いよくザーメンが噴き出し、陽菜の子宮をたたいた。

「あっ、ああ……」

陽菜はうっとりとした表情を見せたものの、いってはいないようだ。

たっぷりと出した裕太がペニスを抜く。陽菜はけだるそうに立ちあがった。すでに割れ目は閉じている。そこからじわっと精液がにじみ出ている。

陽菜は中に受けたまま、太腿と太腿をすり合わせて、台所に向かう。向こうでザーメンを拭ってくるのかと思ったが、違っていた。

すり合わせたまま、おにぎりと卵焼き、そして沢庵を載せたお盆を持って、戻ってきた。

「これを食べたら続きよ、裕太くん」

と言って、半勃ちのペニスを、ぴんと弾いた。

＊この作品は、イースト・プレス悦文庫のために書き下ろされました。

※この物語はフィクションです。同一名称の固有名詞等があった場合でも、実在する人物や団体とは一切関係ありません。

イースト・プレス
悦文庫

よろめきの港町

八神淳一（やがみじゅんいち）

2022年9月22日　第1刷発行

企　画　松村由貴（大航海）

発行人　永田和泉

発行所　株式会社 イースト・プレス

〒101-0051
東京都千代田区神田神保町2-4-7 久月神田ビル
電 話　03-5213-4700
FAX　03-5213-4701
https://www.eastpress.co.jp

印刷製本　中央精版印刷株式会社
ブックデザイン　後田泰輔（desmo）

ISBN978-4-7816-2115-9 C0193